77
DAGARS
MOTVIND

En ensam kvinnas cykling
Vadstena – Santiago de Compostela

Ingela Westin-Kearney

Jag vill tacka
Elisabeth Sääf
Karin Söder
för hjälp med boken

© 2015 Ingela Westin-Kearney
Förlag och tryck: BoD
ISBN: 978-91-7569-072-8

Starten

Denna resa började utan att jag visste om det för många år sedan, kring 1997. På den tiden bodde jag fortfarande hemma hos mina föräldrar. Från någonstans plockade jag upp pilgrimsvandringar. Jag drogs till Santiago, platsen för Jakobs, Jesu brors grav. Redan då kände jag dragningen. Det här visste jag bara inom mig att jag ville göra.

Jag påbörjade studier och arbete i Vadstena. Arbetsgivaren fick nys om min dröm och tussade ihop mig med två holländskor, som skulle på pilgrimsresa till Santiago. Jag fick möjlighet att följa med deras holländska grupp dit. År 1999, på vägen dit och i Santiago, kände jag att jag ville komma tillbaka, men som "riktig" pilgrim på cykel. Jag ville komma som en Pilgrim (främling), på en resa där det krävdes allt och inget. Där jag fick använda all min fantasi för att på ett konstruktivt sätt lösa situationerna som uppstod, med de få saker jag hade tillgång till.

Några somrar senare cyklade jag en provtur från Vadstena till Uppsala. Jag gjorde några rejäla tabbar, men lärde mig mycket. Sedan, under andra året på de akademiska studierna, köpte jag Cykeln som jag skulle använda, en underbar mountainbike! Studierna fortsatte och jag fortsatte att sträva på den väg jag upplevde vara min.

Jag arbetade vid mitt drömjobb men som i en smocka blev jag både sparkad och färdig för en ryggoperation, med en 6 månader lång rehab tid. Det var ett mycket hårt slag för mig, och alldeles oväntat. Jag hade inte möjlighet att reflektera över det just då, för operationen väntade. Den 14 september 2005 utfördes en mycket lyckad operation.

Tiden därefter såg jag på spillrorna som en gång var ett liv och jag sörjde. Plötsligt dök insikten upp: Det är nu jag ska cykla till Santiago! När hösten kommer sticker jag!

Jag fick klartecken från läkare. Beslutet var fattat. Från och med då lade jag min mesta energi på att förbereda, fundera, läsa om andra och lära mig allt jag behövde veta inför resan. Jag ägnade åtskilliga timmar åt att skriva och att skriva om min packlista igen.

Det finns andningspunkter i livet då något är avslutat. Då frågar livet:

Vad vill du? Vad önskar du? Vad är din innersta strävan?

För mig var denna färd att utsätta mig för Närvaron och Omsorgen, men också utsätta mig för mig själv, min styrka och min svaghet och i samspelet mellan dessa faktorer kunna se var jag står och vad jag vill sträva efter.

Sommaren efter operationen jobbade jag, allt vad jag kunde, för att få tillräckligt med pengar. Sedan lämnade jag mitt hem och familjen önskade mig lycka till. De gav lyckönskningarna av hela sina hjärtan och mitt hjärta värmdes.

Jag kom till Vadstena. <+58 26.900 +014 53.600="""">

Siffrorna är GPS-koordinater, som beskriver var jag befann mig. Den första koordinaten är nord-syd den andra är öst-väst. Jag fick nu mitt pilgrimspass, licensen för en pilgrim av Pilgrimscentum. Jag avslutade de sista förberedelserna för mig, cykeln, packningen och sedan kom den underbaraste av dagar – avresedagen!

Pilgrimpassport

I, Hans-Erik Lindström, acting in the capacity of priest in

Pilgrimscentrum, Vadstena, Sweden, do hereby certify that Mrs

Ingela Vestin

passport nr

is going to make a pilgrimage from Vadstena to Santiago de
Compostela

from September 2006 to December 2006.

Please provide the necessary support during her pilgrimage and
may God bless her!

Vadstena 2006-09-07

Hans-Erik Lindström

Telephone : +46143-105 71
Cell phone : +46730-22 26 81

**PILGRIMSCENTRUM
VADSTENA**

*" Lord, show me your way and
make me willing to follow it."*
- The prayer of Saint Birgitta -

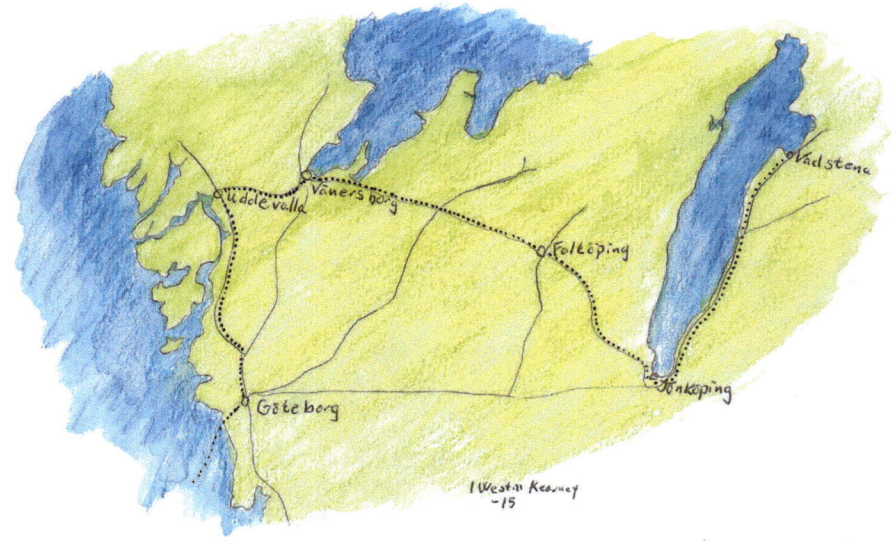

Sverige

Mariagården - Stava

Dag 1, tisdagen den 12 september. Sol och svag vind. -42=42 Dagens Km =resans Km (-exakt stäcka, ~uppskattad stäcka)) <+58 08.100 +014 34.400>

Jag vaknade klockan sex. Det var perfekt väder med morgondagg. Jag packade ihop tältet och åt min frukost. Hela min kropp var full av glädje och förväntan. Tänk att det jag hade förberett så länge, skulle äntligen få ske! Jag var också fylld av bävan. Ska jag klara av det? När människor, både i Holland och Sverige, frågat, hade jag pendlat mellan att säga: Jag ska göra mitt bästa för att nå Santiago! Och ibland sa jag istället:Jag ska nå Santiago!

För mig känns det mera realistiskt och sant att försöka nå till målet, för om jag hotar min framtida hälsa avbryter jag. Jag vet inte vilka problem som kommer att möta mig, men min morfar sa: Sikta mot stjärnorna, så når du grantopparna! Det ska jag av all kraft försöka med. När jag någon gång i framtiden dör, vill jag dö med rak rygg, därför att jag har försökt leva så helt och fullt varje dag av mitt liv, så gott som jag kunnat och förstått.

6

Många missförstår mig och tror att jag inte är fast besluten att göra allt som står i min makt för att lyckas. Därför säger jag ibland, mot min övertygelse, att jag ska, för att inte missförstås.

Klockan var 09.00 i Laudes. Det var morgonbön, Tidegärd, i klosterkyrkan, med sång och utsändningsbön. Tänk att så många människor bryr sig om mig och min resa! Jag tog en sista macka på Pilgrimscentrumet och packade cykeln perfekt. Ännu mer sång: "Må vinden komma dig till mötes." Hela Pilgrimscentret vinkade av mig. Jag lämnade Vadstena klockan 10.00 och upplevde fortfarande total lycka. Jag tog "klosterleden" till Jönköping. Vid lunchtid var jag vid klostret på Omberg och blev bjuden på lunch, rödbetssoppa. Jag stannade en stund och pratade. Klostret sa att de skulle be för mig.

På E50 till Alvastra, uppkom min första riskabla incident - ett tillfälle med bara 30 cm mellan ett dubbelt lastbilsmöte och mig. Hjärtat hoppade ur öronen och fotsulorna förvandlades till russin.

Vid Alvastra kunde jag svänga av till turistvägen, söderut. Fortfarande var jag lycklig, men värmen började ta ut sin rätt. Jag fyllde på vatten, vid besök i ett motell och jag frågade kvinnan i kassan efter Missionshuset. Kvinnan bakom disken såg misstänksamt frågande på mig. Jag visade mitt pilgrimspass och förklarade mitt ärende. Hon gick och ringde, medan jag kom på att jag glömt att äta salt. Slickade snabbt i mig lite salt på plats. Kvinnan kom tillbaka och sa att jag var välkommen till Missionshuset och att en dam skulle låsa upp för mig. Tänk vilken omsorg! Nu kände jag mig trött. Det var en tabbe att jag har glömt att äta salt, men cykeln känns underbar.

Stava - Jönköping

Dag 2. Onsdagen den 13 september. Sol och svag vind. -59=-101 <+57 50.500 +014 08.100>

Jag sov ute bakom knuten på missionshuset, mitt ute på landet, en stjärnklar natt. Jag var totalt borta och vaknade inte ens när kvinnan från motellet kom hem. Hon bodde på övervåningen och bjöd mig på frukost när jag vaknade. Vi satt och pratade, så jag kom iväg först klockan tio.

Jag börjar bli trött, men kom ihåg saltet. Jag bättra mig! Kroppen är trött från gårdagen.

7

Jag frågade efter vägen i ett svenskkyrkligt församlingshem. Jag satt och snackade med dem under lunchrasten. De skulle till Vadstena på kickoff. Jag fick en välsignelse av prästen innan jag gav mig iväg.

Hela förmiddagen tänkte jag att jag skulle till Jönköping, men jag skulle ju faktiskt bortanför staden. En bit bortom Jönköping, såg jag sen en gigantisk backe, min första mördarbacke. Att det bara kan ha skapats något så förfärligt! Jättelång, ja, den är jättelång och brant!

Jönköping- Falköping

Dag 3, torsdagen den 14 september. Sol svag vind -53=-154 <+58 10.100 +013 33.200>

Detta är ett mycket annorlunda liv! Lever jag inte ett lyxliv ändå? Men det sitter i sten att komma iväg tidigt på morgonen.

Backar hit och backar dit. Världen beståd nog av backar och jag är inte van. Pulsmätaren spränger mottagaren. Jag kommer att ha lång tid på mig att vänja mig, för det är långt till Santiago.

Nu "betalar" jag för att jag inte prioriterade träningen, utan pengar och att det praktiska skulle fungera. Slet mig fram till Falköping. De två sista timmarna kände jag mig som en disktrasa, sladdrig och kraftlös. Väl framme frågade jag efter någon kyrka att sova i. Den hjälpsamma damen tyckte att jag skulle pröva i en av frikyrkorna, så jag sökte mig dit. Kom dit just när konfirmanderna slutade. Jag framförde min försynta fråga om natthärbärge tillkonfirmandledaren. Efter lite ringande var det okej och jag blev visad till predikantrummet. Det var bara att svälja tröttheten och göra mat. Den ljuvliga duschen fick vänta till bättre tider eller till mer akut behov.

Trots att jag sjönk ner i sovsäcken, helt dödstrött, gick det inte att sova för kyrkans idoge vaktmästare bytte högtalare. Jag tror att han försöker riva kyrkan istället för att montera ljud. Hur ska jag kunna somna?

Falköping - Vänersborg

Dag 4, fredagen den 15 september. Sol och moln vind -83=-237 <+58 21.900 +012 21.100>

Sov fruktansvärt dåligt. Åkte hiss mellan vaken dvala och ryckig sömn. När jag vaknade klockan åtta, var hela min varelse fylld av betong. Jag kunde knappast definieras som en människa, utan snarare en levande död. Frukosten tvingade jag ner i halsen. Kaffet halsade jag i ett försök att vakna till liv och mänsklighet.

Gav mig av. Betongen vek sakta ifrån min arma kropp. I natt behöver jag sova annars kommer detta att gå riktigt fel. Skickade ut ett nödrops-sms till dem som jag känner här i trakten. Kände de någon som kunde ge husrum till en mycket trött pilgrim? Fick ett svar. Tack!

Jag ringde dit för att dubbelkolla och få adressen, men de är inte hemma. Blir lite stressad medan vinden gör det bästa att slita öronen av mig. Jag finner i alla fall i lä, bakom en mack, men jag fryser och är trött in i själen och huvudet värker.

...

Äntligen ringde mannen, det var okej att jag kunde komma, sa han. Han gav mig en vägbeskrivning och sa att det var nära. Tänk att jag alltid tror på dessa bilister som säger att det är nära. Med bil kanske, men med CYKEL är det en helt annan sak! Orken, vinden, asfaltens kvalitet och lutningen, avgör hur långt det upplevs och hur slitigt det är. Bilarna kör i 70km/timma, men jag kör som jag orkar. Bilisten har bensinens lånade krafter, jag har bara min trötta kropp. Det han sade var nära, kändes jättelångt, för jag är enormt slut. Det positiva är att jag såg min första rovfågel, men å andra sidan, var vägen full av överkörda ormar och andra stackars djur. Vad gör vi inte mot vår omgivning!

Körde självklart vilse, så fort jag kom in i staden. Jag hittade några A-lagare som visade mig riktningen och sedan hittade jag en gammal man som visade mig vägen. Han hade varit vegetarian i 40 år och rest i hela världen. Tänk vad många människoöden det finns! Kom äntligen fram, som en sladdrig trasa och hjärnan var ett stort, tomt hål. Familjen gav mig mat, proteindryck, lite sällskap och mycket sömn. Jag har mötts av en stor omsorg.

Vänersborg - Uddevalla

Dag 5, lördagen den 16 september. Sol och moln vind -25=-262 <+58 21.000 +011 55.800>

Sov inte bra, men sov i alla fall lite. Vaknade med betong i lederna men inte i hela kroppen, vilket är ett framsteg i alla fall. Satt och snackade igen vid frukosten. På sätt och vis var det bra för jag hinner vakna lite långsamt. Jag blev förvarnad om att de byggde motorväg till Uddevalla och att det kunde vara struligt längs vägarna.

Gav mig av. Tänk vad lite ord beskriver! Det var inte struligt. Det är kaotiskt! En enda, lång fordonskö mötte mig i båda riktningarna, på en liten, ynklig landsväg. Mannen hade varnat mig men orden som han använde fick mig inte att förstå hur illa det är. Det är en mardröm! Till sist kom jag till skiljevägen, där motorvägen var färdig och då plötsligt mötte jag bara tre bilar. Men jag hade redan bränt all energi, som jag har tillgång till för en dag.

Trött, kom jag till Uddevalla klockan tre. Samma tid som jag har planerat.

Jag har varit ute i fem dagar och är i akut behov av vila, mat och sömn. Har fått det också, hos en kompis. Jag behöver vila och inte göra något, utan bara existera.

Dag 6-8, den 17-19 september.

Besökte en församling, som jag kände till i staden. De tog emot mig med öppna armar. Jag kallades fram, för att berätta vad jag sysslade med. Tänk det frågar jag mig själv ibland! Jag var fruktansvärt trött och sliten efter mina första dagars möten med trafikens vanvett, vädrets sug och kroppsarbetets utmaning eller utmattning.

Dagen seglade fram. Jag fick en inbjudan, till en familj som skulle ha mega-söndagsmiddag. Skönt att jag hade mycket folk omkring mig, som omväxling.

Uddevalla - Restenäs

Dag 9, onsdagen den 20 september. Sol, regn och motvind. -15=~277 <+58 14.000 +011 53.000>

Jag tog tid att göra en riktigt rejäl packning. Det tog tiden från morgonen till mitt på dagen. Pratade med en dansk i telefon. Han kunde fixa övernattning i Danmark, om jag tog den billigare färjan till Fredrikshamn, istället för den till Kiel. Jag måste fundera.

Jag vänder kosan söderut, inte så lång sträcka, men ändå. Det är rejäl motvind. Jag blev rekommenderad fel väg, nämligen E6:an. Visserligen var det inte motorväg, men där är mycket och tung trafik. Jag kände mig så liten och skyddslös, när bilarna dundrade förbi. Är detta mitt liv nu, ensam och sårbar bredvid flera ton tunga monster?

Tog mig ifrån den stora vägen till en mindre, men då kom spöregnet.

När jag kom till sovplatsen, hade frun i huset kommit hem för dagen. Jag kom dyngsur, droppandes och alldeles genomblåst. Ibland är små saker underbara, som att få byta till torrt.

Ibland blir jag alldeles förstummad över hur smarta människor var. Kvinnan frågade mig vad jag skulle göra om jag psykbröt. För mig, som hade erfarenhet av ensamcykling, är det inte otroligt, utan jag vet att det kan hända. Jag hoppades bara att jag kan vara förståndig med mig själv, så att jag kunde undvika detta. Men VETA kan jag inte säkert. Tänk att hon är så klarsynt att hon ser risken! Jag blir mycket imponerad. Detta är ett hem jag trivdes gott i. Det gällde att ta vara på det, för snart kommer det nog vara slut på att känna sig hemma, på ett tag.

Restenäs - Göteborg

Dag 10, torsdagen den 21 september. Sol och motvind. -42=-319 <+57 41.100 +011 59.700>

Gav mig av klockan halv tio. Jag är trött, solen steker och vinden blåser rakt emot mig. En tröst är att mannen i huset ska till Göteborg denna eftermiddag och har erbjudit sig att plocka upp mig, om jag ville. Det är säkert, som himlen, att jag nappar på erbjudandet. En annan sak som är säker, är att jag bestämt mig för att ta Kiel- färjan, för blåser det så här i skogiga Sverige, vad skulle det då inte göra i det platta Danmark?

Jag har stannat i Kode och väntar. ... Mannen kom och vi slängde in allt i bilen. I bilen blev jag otroligt tacksam över mitt beslut, när jag såg trafiken och vägarna, som jag skulle ha kört vilse på minst tio gånger.

Jag blev avsläppt vid mötesplatsen utanför Liseberg. Där mötte jag kompisen jag skulle sova hos. Vi tog en trevlig, slö film kväll. Proteindrycken hjälper. Nu är jag inte lika stum i kroppen.

Däremot har jag problem med mina handleder och händerna gör väldigt ont. Fötterna är heller inte bra. Måste köpa cykelskor! Jag kan bara inte vänta tills Holland, där det finns bra skor, utan jag måste köpa de opraktiska, osköna som finns i Sverige. Det är en stor förlust i min planering! Jag vill ha ett par skor som jag också kunde gå i, utan att vara rädd att falla eller halka, eftersom jag bara har ett par sandaler ytterligare. Sportkillar har sagt mig att det inte fanns gåvänliga cykelskor, men det var så mycket skitsnack att man kunde gödsla ett helt potatisland med det. Magen är i upprorsstämning, men annars är det bra.

Dag 11, fredagen den 22 september.

Jag har köpt skorna, men är inte nöjd. Det kändes som jag slängt pengarna i sjön. De är hårda och sneda, men vad ska jag göra? Gick runt i staden, som var full av sol, bilar, människor och cyklister. Jag avskyr städer.

Jag kom tillbaka vid tretiden och började packa. Efter en stund gick jag och lade mig med min huvudvärk. Slumrade. Klockan sex var det dags att gå upp och komma iväg. Jag hittade inte till färjan utan måste fråga om riktningen. Den tredje personen som jag frågade skulle cykla nästan hela vägen till färjelägret. Tack, för den tajmingen! Kvinnan med cykeln var otroligt trevlig och vi snackade oavbrutet. Hon hade cyklat "Vättern runt", så hon visste att uppskatta en funktionell cykel. Hittade med hennes hjälp till färjan, körde in, låste fast och lämnade min cykel. Hittade hytten som jag bokat och fixade för morgondagen.

Mitt sista samtal från Sverige till Sverige. Det är bra med de där hemma. Från och med nu är min dagliga koordinat, mitt sov-sms, min länk hem. Det är nu de allvarliga säkerhetsomsorgerna börjar. Varje kväll när sovplats är beslutad, tar jag ut koordinaterna och skickar dem hem och till Vadstena. Om något skulle hända mig och jag skulle försvinna, vet dessa två platser var sökandet ska börja.

I morgon kommer jag att vakna i ett annat land. Coolt!

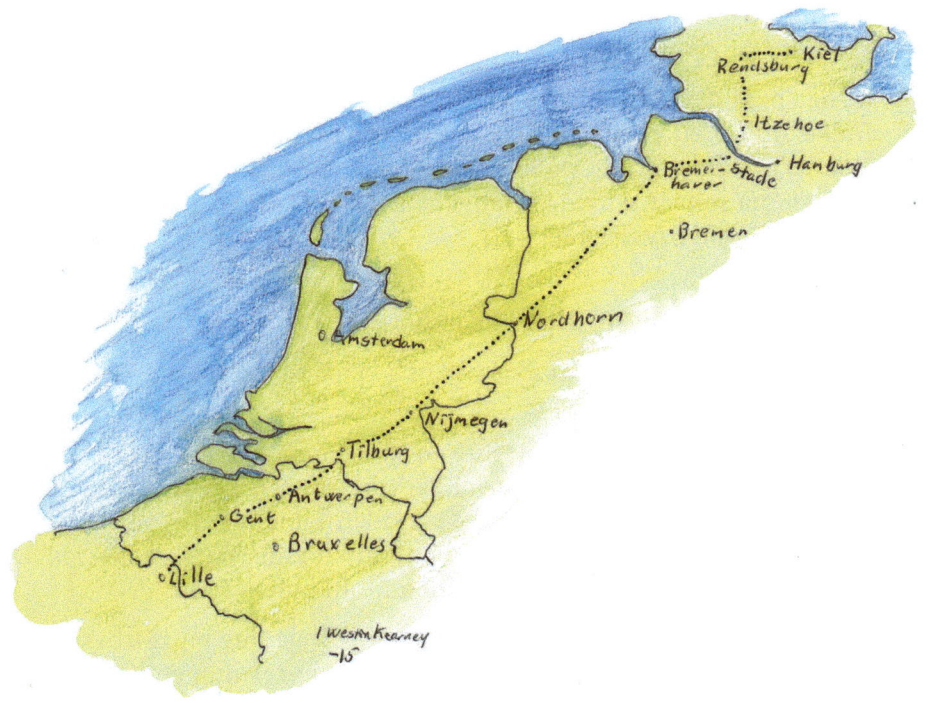

Rendsburg · Kiel
Itzehoe
Bremer- Stade · Hamburg
haver
· Bremen
o Amsterdam · Nordhorn
Nijmegen
· Tilburg
· Gent · Antwerpen
o Bruxelles
o Lille
1 Westin Kearney
-15

Tyskland

Tyskar är otroligt historiskt medvetna om man jämför med oss svenskarna. De har koll på årtal och platser, ortens historia och större historiska samband. Respektera att de är noggranna med tider, så var själv tidsmedveten! I den tyska infrastruktursfilosofin är cykeln en rekreation, en leksak, som bara är i vägen. Farten är hisnande på småvägar, d v s 100 km/h jämfört med 70 km/h i Sverige. I städerna kör man 70 km/h, jämfört med 50 km/h i Sverige. Dödsolyckorna är mycket närvarande och efter vägarna finns traditionen att sätta upp kors och blommor, där en ung människa kört ihjäl sig. Polisen är extremt sällan ute med fart- nykterhets- och drogkontroller. Allt detta sammantaget gör cykling i Tyskland farligt. Olycksrisken ska tas på extremt allvar.

Tyskar är trevliga människor och generösa. Räkna däremot inte kallt med att de kan engelska, för det kan inte 40+ ute på landsbygden. I bilen förvandlas de till hänsynslösa tidsoptimister med psykopatiska och suicidala tendenser. Det spelar ingen roll om det är ett djur eller en cyklist, för är de på vägen, så kör de över dem.

Jag varnar med det allvarligaste för att cykla i Tyskland. Som icke-tysk förvandlas du till ett rasslande skelett i en stinkande rutten kista. Måste du cykla i Tyskland, ska du dubbla din olycksfallförsäkring och leta reda på cykellederna som är tänkta för långcyklister. De är få men om du hittar dem, sparar du din psykiska hälsa.

Kiel - Rendsburg

Dag 12, lördagen den 23 september. Sol och vind. ~40=~359 <+54 18.000 +009 40.100>

Jag har sovit mycket bra. Vaknade inte en enda gång och nu är jag beredd för Tyskland. Hoppades att alla varningar om trafiken är överdrivna, för annars är jag illa ute. Trafikkillen på färjekajen kunde inte engelska och jag visste inte om han förstod min fråga om turistbyrån. Hittade den i alla fall, men det är stängt. Jag fick vänta i 20 min. Elände!

Sms-ar att en kompis skulle öppna min mail och ge mig en ruttbeskrivning, som finns där. Tjejen på turistbyrån gav mig rekommendation om öst-västra havskanalen, som är en cykelväg utan annan trafik. Sedan ska jag åka via Rendsburg till Itzehoe.

Gav mig av och tog mig över kanalen med färjan. Det är inte så lustigt. Jag känner mig extremt ensam och utelämnad. Folk gav mig stickord och jag fattar inget. Var det artigheter, varningar eller helt tvärtom? Hur många ensamma timmar har jag framför mig innan jag förstår tyskan behjälpligt?

Lunchtid vid kanalen. Det fanns inga riktiga rastplatser, bara bänkar. Jag lutade cykeln mot en bänk och satte mig själv på asfalten och lagade min mat. Folk åkte förbi och hälsade med ord jag inte förstod. Jag log i varje fall tillbaka. Sedan kom en gammal dam, följd av en aningen yngre dam. Den gamla maran börjar råskälla på mig och skrek att jag var i vägen, för hon skulle sitta på bänken. Trots att det fanns andra bänkar! Hon fortsatte att påpeka jag fortare än kvickt, skulle flytta på mig och cykeln. Jag log lite och försökte förmedla att jag inte kunde tyska, men hon fortsatte att skälla. Jag flyttade cykeln till baksidan av bänken, för det fanns ingen annan plats att luta cykeln emot och flyttade min matlagning någon meter och fortsatte. Var detta tyskarnas mentalitet? Då ska jag få det kul! Vänta

14

nu, jag har ju träffat en trevlig tysk också. Mannen var ute på springrunda och han sprang med mig till färjan över kanalen. Än finns det hopp! Den yngre damen hånflinade åt mig medan min bulgur kokade. Det är rent otroligt vad jag kände mig ensam. Det var bara att äta, diska och ge sig iväg. Cykelvägen är fin och det är skog och buskage på flodvallarna och inte en bil så långt ögat når. Cykelskorna vill inte lösa ur bindningen, så de får vänta till i morgon.

...

Hittade en katolsk kyrka i Rendsburg. Kvinnan, som undervisade för första kommunionen, hade inte tid att hjälpa mig. Jag väntade och väntade. Till slut fick jag kaffe. Prästen kom och visade var jag kunde sova i församlingshemmet. Det verkade bli en ensam och kall kväll. Jag blev presenterad för prästens mamma. Hon beslutade, på stående fot, att jag skulle äta med dem och sova i deras gästrum. Prästen var väldigt blyg med engelskan, men det var bara att försöka med min holländska. Efter maten försvann blygheten. Prästen tog mig på en rundtur i det historiska Rendsburg. Han berättade om svenskarna si och svenskarna så. Snacka om gästfrihet och omsorg! Han till och med varnade mig för brandstationen, ifall de fick larm och utryckning på natten. Han ringde till prästen i Itzehoe och såg till att jag har någonstans att sova imorgon. Allt hade fixats till det bästa idag. Tack!

Rendsburg - Itzehoe

Dag 13, söndagen den 24 september. Sol och vind. -44=~403 <+53 55.300 +009 31.400>

Prästen lät mig hänga med på niomässan i en liten kyrka. Jag gav mig av med en matsäck som mamman fixat. Underbart! Körde vilse, frågade, hittade rätt, körde vilse, frågade och hittade rätt igen. Det är ett elände att hitta ut ur en stad. Jag skulle inte bara hitta ut, utan jag måste hitta ut på exakt rätt ställe också.

Min första riktiga incident var att kedjan hoppade av och låstes. De mindre trevliga skorna lossnade inte så plopp - Ingela i asfalten! Jag klarade mig med en ond handled. Hur gör cykelrävarna egentligen för att sådant här inte ska hända?

Idag igen tog kartanvisningarna slut och inget internetcafé fanns i sikte.

Det var bara att sms:a till min kompis, att han skulle gå in i min mail och sms-a fortsättningen till mig.

Får jag inte lite mat snart, är jag tvungen att hitta en mataffär. Jag har hoppats att jag skulle klara mig till Ravenstein. Att cykla i stadsmiljö är som en blandning av sirap och Karlssons klister. Jag har svårt att hitta in, ut, sovplats och cykelväg. Bilar och gångare finns överallt. Se upp för bil! Se ner för glas och hundskit! Se överallt! Jag är inte van utan känner mig osäker och försiktig. Jag måste vänja mig.

Toabekymmer. Var ska jag hitta en kissplats? Ett skymt ställe med plats där jag kunde luta cykeln. I Sverige fanns det lite varstans, men inte här i Tyskland! Idag sökte jag plats innan tätbebyggelsen kom. Det fanns folk överallt, promenerande hit och promenerande dit. Tillslut var jag så i nöd att jag satte mig bakom en hög häck. Hundarna på gården bredvid skällde ilsket. Då hörde jag en kvinna som frågade vad de skällde på. Mannen svarade att det var bara en cyklist som kissade. Jag tittade upp och såg att han stod på en stege och plockade äpplen. Det finns situationer, när jag önskade att jag varit osynlig. Gräsligt genant!

Itzehoe – Himmelpforden

Dag 14, måndagen den 25 september. Sol vind~41=~444 <+53 36.800 +009 18.300>

I dag mötte jag, ur ingenstans, en grupp på sex-sju pensionärer, cyklandes samma väg som jag. Jag var övertygad om att jag såg i syne. Jag startade i mitt oförstånd en inofficiell tävling. När de cyklade om mig, kämpade jag i motvinden, som en oxdåre, för att komma ifatt och behålla ledningen, tills remmen för sovgrejerna löste upp sig. Jag hörde Någon i sin himmel tillrättavisa mig att pilgrimsskap inget har med tävling att göra och så avslutade jag tävlingen och gubbarna for iväg.

Kom fram till den lilla orten Himmelpforden, Himmelsporten, ett f.d. cistersienserkloster. En kvinna visade mig till en luthersk kyrka. Gick in till församlingssekreteraren, en tunn och korrekt kvinna och visade min Luterska rekommendation. Hon blev inte glad över min fråga om tak och sömn. Hon frågade kollegorna. De visste inte heller. Tillslut efter mycket funderande bar det av till prästen. I min hjärna, med tanke på hur ovillig sekreteraren varit, målade jag upp en bild av en svavelpredikande tyrann, men karlen var snarare en godmodig nalle. Han gav mig, efter ett intresserat ögonkast på papperet, ett positivt besked. Inga problem! Han visade mig runt, berättade bygdens historia och bjöd mig på fika.

Då kom sekreteraren "frau Vråk" in med block, penna och tysk-engelsk ordbok och de började korsförhöra mig. Jag kände den djupaste skräck. Hade de tillgång till den himmelska bokföringen och skulle jämföra mina svar med den? Jag var övertygad om att jag inte skulle falla i god jord. Därför slingrade jag mig som fångad orm . Sekreteraren var mycket irriterad och ville ha entydiga svar. Jag kände hur avgrunden öppnade sig under mig. Så plötsligt kom två män i arbetskläder in och jag presenterades. En av männen som kunde engelska blev eld och lågor och tog över intervjun och svavellukten försvann. "Frau Vråk" gick tillbaka till arbetet och jag fick detaljerat förklara vägarna jag åkt och planerat åka. Efter en timme kom det fram att detta var en vanlig, enkel intervju till församlingsbladet.

...

Nu i kväll visade det sig att församlingshemmet hade spis men inga kastruller! Finns det någon chans att laga en real frukost då?

Himmelspforde - Worpswede

Dag 15, tisdagen den 26 september. Sol och vind. ~50,6=~494,6 <+53 13.262 +008 55.307>

Sov hyfsat, men inte bra. Vaknade av att städerskan härjade där nere. Jag var trött och packade ihop. Städerskan kom upp med kaffe och två vita bullar som värmde mitt hjärta, men inte min kropp.

Innan jag åkte bad jag sekreteraren, "frau Vråk", att ge mig en stämpel i dagboken. Hon tvekade och frågade vad jag hade skrivit. Svaveloset kröp in i näsan igen, medan skräckens knotor tog tag om vristerna. Varför ville hon veta vad jag har skrivit? Jag fick fram en trovärdig lögn om väder, vind, djur och natur. Hon svalde det och gav mig en stämpel, som visar vart jag sovit. Tänk vad mycket man ska vara med om innan öronen ruttnar på plats.

Jag skyndade mig därifrån men stannade vid första bästa bageri, där åt jag förstärkt frukost.

Humöret blev genast lugnare.

Tyskland är ett vidrigt cykelland. Stod och valde mellan två cykelvägar, en genom skogen 3,5 km bredvid väg som visade 3,4 km. Jag valde skogen för att spara mitt psyke. I början var vägen underbart vacker med en blandning mellan skog och lite betesmark och riktigt fincyklad. Plötsligt efter 300 m förändrades den till en mardröm, som en tropisk sandstrand utan vågskvalp! Envist fortsatte jag i hopp om bättre väg, men däcken skar ner 10 cm i sanden. Självklart fastnade cykeln och välte med mig ner i backen. Skorna löste inte ut. Upp! Men det var bara att fortsätta fast däcken skar ner. Välte, upp och fortsätta, välte, upp och fortsätta. Jag kände mig eländigt trött och muttrade sådant som får himlens änglavingar att krullas i kanten. Vände om! Slet de 500 m jag hade kommit, medan adrenalinet sprutade genom öronen. Det som var bra var i alla fall att motigheten och tröttheten var i alla fall borta.

Kom fram till Bremersvörde turistbyrå, när den hade startat sin siesta, som varade i 1,5 timma. Ingen vidare tajming! Bokhandeln hade inte kartorna jag sökte efter och de kunde inte engelska heller. Tålamodet tog slut. Jag gick till lunchgubbarna på torget som stod och snackade. En av dem visade sig vara polis. En annan var visst en kommungubbe som kunde engelska. Tillsammans fixade de en karta och gav mig anvisningar. Tack, för schyssta människor! Vad håller jag på med?

När jag tillslut kom fram till Worpswede var jag så upptagen att hitta en sovplats, att jag inte märkte att jag tappat min hatt. I Wordswede försökte jag hitta någon som såg ut att kunna engelska. Stannade till vid affären och frågade om någon kunde engelska. En äldre man svarade, men han var turist själv, så han förmedlade min fråga om en kyrka till en tant. Samtidigt som detta utspelade sig, parkerade en liten svart bil. Ut steg en irriterad kvinna med något svart i handen. Hon kom fram till mig och frågade på engelska, om jag tappat något. Hon höll fram min hatt. Jag blev mycket förvirrad och svarade ja, utan att veta hur jag hade kunnat tappa den.

Kvinnan tillhörde lokalbefolkningen och visste var kyrkan fanns. Lite vänligare erbjöd hon sig att hänga med mig och visa vägen till kyrkan. Hon sa att hon även kunde fråga prästen om det var okej med tak över huvudet. Jag var osäker om det skulle behövas, men bestämde mig för att ta emot gåvan av omsorg. Jag cyklade som en tok efter hennes bil till kyrkan. Där sökte hon upp prästen. Han blev inte alls glad över att se mig. Hans högsta önskan var med stor sannolikhet att säga nej, men av någon orsak kunde han inte neka denna kvinna. Hon visade mig till dödgrävarens fikarum, där jag skulle kunna få sova. Det är lustigt hur Tillvaron spelar med oss. Tillvaron visste att jag behövde en guide och en förespråkare. Tillvaron visste att hon behövde uppmuntran och bekräftelse. Det visade sig att hon själv har en önskan om att göra en pilgrimsvandring till Santiago, så vi snackade och jag uppmuntrade henne. Hon var så ovan med uppmuntran att hon fick bråttom till bilen med tårar i ögonen.

Det är konstigt vilken skillnad det kan vara på olika kyrkor. Igår var jag i den lutherska kyrkan, som var fattig, i en liten förgäten håla, där församlingsbyggnaden var lika sliten som staden. Men prästen där var varm och en riktig herde. Idag, är jag i en luthersk kyrka, i en rik, exklusiv ort, med jättefina byggnader, en rik församling, men en kall och avvisande mäktig präst. Allt materiellt är i toppform, men kärlek och omsorg, ser jag inte mycket av. Jag tänkte att jag skulle laga mat men det finns inga kastruller. Jag fick uppfinna mat med hjälp av vattenkokaren. Hur kan man vara kyrka, utan att kunna koka soppa till småfolket? Känner mig extremt ensam, som en främling –pelegrinos –pilgrim, men det är väl bara som det ska vara, när man sitt ovälkommen i ett kallt och kalt församlingshem och längtade efter en vänlig själsgemenskap.

Min storasyster ringde och frågade hur det var. Ibland är små gester storslagna.

Worpswede - Hude

Dag 16, onsdagen den 27 september. Sol och vind. ~40=~534,6 <+53 06.200 +008 28.000>

Sov oroligt, vaknade vid åtta av att dödgrävaren och vaktmästaren stampande omkring. Min arma kropp känns som den är fylld av betong. Vad håller jag på med?

Dödgrävaren började prata och bjöd på te. Han talade en akademisk engelska. Han gav mig en guidad tur på kyrkogården. Han är stolt över den. Som alla tyskar jag mötte, kunde han historien till punkt och pricka. Worpswede hade visst något med 30-åriga kriget att göra. Senare blev det visst ett konstnärscentrum och har sedan dess behållit konststatusen.

Vid tio for jag iväg och sökte efter kaffe. Allt stängt och ingen kunde tänka

19

sig sälja mig en kopp. Snobbstad! Snälla nån låt mig köpa en kopp kaffe!

...

Mitt i landsbygden stod en gammal man och tvättade en ölskylt med ett litet handskrivet meddelande: "kaffe med kaka". Ibland är pilgrimslivet mycket förvånande, men detta var ett mycket konkret svar på mitt behov. Svängde av stora vägen och den lilla grusvägen slutade vid ett privat hus med en Coca-Cola skylt. Jag gick in och mötte en gammal tant. Hon är rynkig, ja, en riktig lanttant med förkläde och allt. Tänk att jag fick mitt efterlängtade kaffe! Hon började fråga på tyska vad jag gjorde. Jag svarade på engelska och holländska. Det var en total språkförbistring. Ensamhet och betong vek från kropp och själ. Hon bjöd på fikat och bad mig att inte glömma dem. Hur ska jag kunna göra det? Hon som visat mig så mycket kärlek!

Kaffebönen ersattes av en önskan om att hitta en kyrka att sova hos. Körde totalt vilse flera gånger, när jag skulle genom staden Bremen och över floden Weser med färja. Jag tycker illa om att cykla i städer. Det är hopplöst att få svar på frågor, för folk verkar vara rädda för mig. Det tog två timmar att ta mig mindre än fem kilometer. Det brände mental energi, som skulle ha räckt för en hel dag. Trött och vilsen känner jag mig. Vad håller jag på med?

Men det fanns bara en Väg och det är Vägen till Santiago. Solen brände och jag har planerat, i min dårskap, sex mil. Efter fyra mil satt jag medvetslös på ett bageri och funderade. Beslutade mig för att söka upp den lilla, katolska församlingen på orten, allt för att få lite mänsklig gemenskap, förhoppningsvis. Huset är ett underbart, levande hus med en välskött trädgård. Prästen är en liten man som hade en familj boendes i församlingshemmet. Jag fick biskopsrummet (rummet som står redo om biskopen kommer). Underbart rent, med toa och dusch! Prästen pratade dialekt och inte ett ord engelska, men han har i alla fall kastruller och han är en snäll präst med varm röst, vilket har gett mig nytt hopp.

Hude- Visbek

Dag 17, torsdagen den 28 september. Sol och vind. ~39=~573,6 <+52 50.100 +008 18.500>

For vidare på morgonen, i tacksamhet över att tillvaron sett till min trötta nöd och låtit mig få lite mänsklig gemenskap. Jag har hittat den rakaste vägen ut ur det eländiga Tyskland. Hela vägen gick bra och det var breda vägar med bara en ynkans vägren att cykla på. Snacka om att bli utsatt för dessa fartgalna tyskar! Till slut var det ingen skillnad på mig och en likkista med ett rasslande skelett i.

Eftermiddagen har varit något prövande, för på grund av skorna, föll jag tre gånger, varav två gånger i ett intervall av 20 minuter. Min djupa önskan är att marinera skorna i koncentrerad saltsyra i ett dygn, för att senare flambera dem med napalm. Om det mot förmodan varit skorester kvar, tänker jag tvångsmata resterna till dem som sagt att skorna är bra.

Vägen gick okej ända fram till staden Wildeshausen, då jag av en okänd anledning körde fel. Jag är stensäker på att Någon plockade bort de skyltar som skulle ha visat mig på den planerade vägen. Kartan stämde inte med vägen, ortnamnen eller längden. Nej, faktiskt stämde inget alls! Jag fick misstanken att jag var vilse igen. Jag gav upp, frustrerad och arg. Beslöt mig istället för att söka reda på den katolska församlingen. Jag lämnade cykeln utanför, vid några eländiga trappor. Väl inne, vid expeditionsdörren, möttes jag av församlingssekreteraren. Hon, en auktoritär dam, som inte blev glad av att få se mig, tjafsade ett tag, tog kopia av pass och pilgrimspass, allt för att uppfylla de juridiska åtagandena. Inte nog med det, utan hon gav mig en massa förhållningsorder. Cykeln fick inte ställas in under tak före tio. Jag som somnar åtta! Jag fick inte förstöra någonting, och jag måste lämna platsen dagen därpå. Det var förhållningsorder i en aldrig sinande mängd. Jag kände hur tröttheten, från alla vurpor och vilsekörningarna övervann mig och tog det sista av min lilla gnista ork. Jag vill bara gråta, men hur mycket jag än vill gråta, kan jag inte ta mig den lyxen. Hon fixade en tolk och jag förklarade min situation för tolken och vi kom fram till att det var okej att jag fick ha cykeln inomhus. Packade av, körde in cykeln och ställde den skymd. En av kyrktanterna började skälla ut mig för det blasfemiska att ha cykeln inne i ett församlingshem. Trött och mod-stulen!

Nu var jag så trött och jag behövde samla de sista krafterna för att orka laga mat åt mig och göra kvällens positionsbestämning. Under tiden funderade jag på fortsättningen. Hur skulle jag klara mig till Ravenstein? Jag är i desperat behov av vila, fixa bindningen och köpa mat och batterier. Men hur ska jag hitta någon som kunde tillåta mig att sova två nätter?

…

21

Mina dystra, trötta funderingar avbröts då en av prästerna, en liten, indisk, leende man, kom emot mig och hälsade. Efter det att han hade presenterat sig, frågade han hur min dag hade varit. Jag gav honom svaret att jag var trött och hade haft en eländig dag. Han började småprata, medan han funderade om han skulle erbjuda mig att stanna och frågade om jag ville följa med till grannstaden, Wildeshausen, på mässa, jag svarade ja. Han frågade om jag ville stanna två nätter istället för en. Jag svarade att jag måste vidare, för hur skulle jag våga trotsa den allsmäktiga församlingssekreteraren? Han bad mig fundera på det och bestämde att vi skulle mötas, för att åka bil till mässan.

Medan jag gick in till min anvisade sovplats, funderade jag på hans erbjudande. Det lät lockande, så jag beslöt mig för att trotsa församlingssekreteraren och tacka ja till prästens erbjudande, att få sova två nätter i rad på samma ställe. Det visade sig att detta var en synnerligen trevlig präst och han bjöd in mig till frukost i morgon.

Jag undrar det var meningen köra vilse för att lära mig att uppskatta den rätta vägen eller om detta är den rätta vägen trots att jag inte trodde det? Vad representerar en pilgrim för andra? En kvinna, i mässan, gav mig en rosenkrans av olivträ från Lourdes och var verkligen högtidlig, när hon hörde att jag är en pilgrim.

En sak som jag måste totalförändra, är att jag måste införa nolltolerans mot cykelfel. Jag kunde faktiskt ha gjort mig mycket illa. Hur skulle det ha känts, när jag visste att jag kunnat ha åtgärdat problemet för fem dagar sedan? Hjälp mig, att ha en nolltolerans i fortsättningen!

Dag 18, fredagen den 29 september.

Klockan 22.00. Nu förstår jag varför Livet lät mig så lättvindigt vara temporärt blind för skyltarna. Kanske är det för att träffa denne lille präst och för att han skulle få möjlighet att hjälpa mig. Det är en liten, indisk präst som för mig, upprättar tyskarnas existensberättigande och rykte.

När jag var i Holland för att förbereda denna tur, blev jag varnad av erfarna holländska långcyklister, för att cykla i Tyskland, på grund av trafikkulturen. Tyskar som hörde dessa varningar, svarade då att det inte var så farligt och att Tyskland är ett vackert land. Det senare stämde. Tyskland är väldigt vackert, men vad hjälpte det mig när de körde bredvid mig som suicidala idioter. Jag är enormt mentalt sliten i min kamp att ta mig vidare på denna resa. Tillvaron har genom denna lilla präst, med sin indiska övertalningsförmåga och totala gästfrihet, muntrat upp mig. Prästen gav mig, vad jag så innerligt behövde, nämligen mänsklig gemenskap, någon att utbyta tankar med, mat, sömn och tid att fixa bindningen.

Frukosten var fantastisk och lunchen har varit överdådig. Det var lite besvärligt, faktiskt, för min finmotorik är katastrofalt dålig, men jag lyckades uppvisa illusionen att jag har stil och uppfostran. Efter mässan fick jag köpa mat. Efter att ha fixat cykeln fick jag följa med på församlingscykling, mycket trevligt och avslappnande. Jag kom hem i väldig fart klockan åtta och packade. Denne, underbaraste av präster, fixade kvällsmat. Han ska bort imorgon, så han har fixat frukost till mig hos sekreteraren. Till färdkost övertalade han mig att ta emot fyra tyska öl i glasflaskor, sex äpplen från eget träd, bröd, marmelad, och mycket mer. Jag tror han är bekymrad över hur enkelt jag lever och hur lite mat jag har köpt. Behövde jag påpeka att jag hade en abnorm övervikt.

Visbek - Kettenkamp

Dag 19, lördagen den 30 september . Sol och vind. ~52=~612,6 <+52 35.410 +007 49.798>

Frukosten var kunglig och sällskapet mycket trevligt. Jag undrade vad prästen sagt till sekreteraren, för hon var jättetrevlig. Jag fick ännu mera mat med mig. Jag skulle efteråt få träffa kyrkoherden. Jag var mycket skeptisk och obekväm med tanken, men det visade sig att han inte var någon sträng gubbe, utan kunskaper i engelska. Han är, i stället, en yngre karl som kan engelska och han är faktiskt riktigt trevlig. Jag kom inte iväg förrän klockan kvart över tio. Detta innedär att jag inte skulle hinna sju mil under dagen, som planerat.

Mitt cykelliv är fyllt av möten med människor jag aldrig sett och aldrig någonsin kommer att möta igen. Ett exempel var en far, med blombukett i ena handen. Han promenerade mot kyrkogården, tillsammans med sin son, som var iförd fotbollskläder. Vi möttes under en sekund. Jag funderade på dem och de på mig. Vi delade ögonblicket, möttes och gick vidare med våra liv. Jag fortsatte min cykelfärd till Santiago och de sitt besök till kyrkogården.

Toabekymren har jag ännu inte hittat en lösning till. Jag behöver idéer hur man löser dessa nödvändiga situationer? Jag har kommit på mig att inte dricka mer än det jag svettades ut, så att jag inte behövde kissa i onödan. Inte överdrivet hälsosamt!

Jag kom fram till Eggermühlen - en stor, öppen kyrka med församlingshem, men det verkade som ingen bodde där. Väntade, för jag hade kommit på var jag skulle gömma mig för natten, om det blev kris. Då kom plötsligt en kvinna i bil. Det visade sig att hon var en pastoralarbetare (teologisk utbildad i församlingshjälp) Hon förbarmade sig över mig. Cykel och packning slängdes in i hennes bil och vi körde tillbaka till Kettenkamp. Där blev jag involverad i hennes födelsedagskalas innan jag gick och lade mig.

Imorgon tänker jag köra så det ryker, för jag VILL nå gränsen till Holland. Jag vill inte tvingas vara i detta fartvidriga land ännu en natt till.

Kettenkamp - Denekamp

Dag 20, söndagen den 1 oktober. Sol och vind. ~90=~699,6 <+52 23.500 +007 00.300>

Sov dåligt och vaknade mentalt trött efter en mardröm. Kroppen kändes ytterst ovillig. Jag packade efter frukost och kom iväg. Stannade till och köpte kaffebröd och juice. Startar upp kroppen så sakteliga. Det är fin natur med gammal lövskog, tystnad och fåglar.

...

En allvarlig incident kunde ha slutat verkligen illa, om jag inte fixat bindningarna. Tack!

Jag cyklade bredvid en mycket trafikerad väg, som knöt samman Tyskland och Holland. Cykelvägen gjorde en några graders båge vid en T-korsning. Jag hade hög fart och kom 1 cm utanför asfalten. Asfalten var minst 10 cm högre än marken, som naturligtvis bestod av sand. Skorna löste ut fint och jag flög som en vante. Jag låg där på backen och kände igenom kroppen. Allt verkade okej. Bakom mig saktade en lastbil in. Chauffören frågade mig genom teckenspråk om jag var okej. Jag tecknade okej. Han fortsatte utan att vi sagt ett ord. Han är svensk, faktiskt den första svensken jag mött sedan Kiel och han körde för Kinnarps möbler. Tack, all jordisk lycka till Kinnarps möbler!

24

Fixade såren och for sedan vidare. Klockan fyra var jag i gränsstaden Nordhorn och beslutade mig för att slita vidare. Det var 15 km till Denekamp. Vad gör jag inte för att få komma till de himmelsliknande cykelbanorna i Holland? Väl framme i Denekamp var jag trött, men hittade en präst. Han skickade mig till ett kloster som tog emot mig. Här åt jag som en utsvulten häst. Tänk att jag kommit ifrån Tyskland med livet i behåll! Tänk att jag korsat mitt första land! Vilken lycka att korsa gränsen! Nu är jag ett land närmare mitt mål. Detta är coolhets-faktor grande!

Holland

Holland är ett bra land att cykla i, för det finns bra cykelbanor och cykelleder. Det är också väl skyltat och mycket bra med cykelkartor för korttur eller långresa. Holländarna är genuint intresserade av andra långcyklister. De är bra på språk och många behärskar både engelska, tyska och franska. En svårighet är dock bristen på skog, som medför att det blåser konstant. Sov inte, om du kan undvika, i skogar, för detta är en favoritplats för våld och brott av olika slag.

Denekamp-.Haaksbergen

Dag 21, måndagen den 2 oktober. Sol och vind. ~41,4=~741 <+52 09.278 +006 44.485>

Sov gott trots att jag i natt blev biten av min första vägglus. Det var en seg morgon och jag känner mig trött. Det tog lång tid att komma iväg, för humöret är inte på topp. Idag får jag betala för igår. Jag är utanför alla mina kartor och måste hitta nya kartor någonstans. Trevligt för en gångs skull att kunna språket.

Jag undrade om det finns något som heter kreativ likgiltighet. Plötsligt, ur ingenstans, fick jag se orsakskedjan till varför jag inte längre tyckte om att prata i telefon, trots att jag var bra på det. Men det var väl så att vissa tankar är skygga, medan andra är högröstade. Kanske är det så att man först måste tänka de högröstade tankarna ända till slut, innan de skygga tankarna törs tassa fram ur skuggorna. Nu när jag cyklar kan jag hitta lösningar på länge olösta problem.

Nu är det slutligen bevisat att församlingssekreterare är ett hemskt släkte.

Jag kom trött till den tänkta sovplatsen. En äldre dam tog emot mig och hämtade sekreteraren. Sekreteraren var till och med oartig. Hon gav mig inga svar, stängde in mig i ett kallt, litet rum, medan hon själv gick tillbaka till sitt möte. Jag satt där i det kalla kyffet och väntade i en timme. Efter ett tag hämtade jag broderiet, som jag leker med ibland. Kanske hinner jag färdigt till mammas födelsedag? Det föreställer en hjort.

Församlingssekreteraren kom tjafsande tillbaka och sade att jag inte bara kunde gå in i prästens bostad så där. Faktiskt kan man inte släppa in vem som helst. Gläfs, gläfs! Till slut blev jag mäkta irriterad och sa artigt att jag måste antingen göra mat eller gå ut och äta för jag var verkligen hungrig, efter en lång dags cykling. Gläfsaren började gläfsa mindre och började ge mig riktiga svar för en gångs skull. Jag for iväg och åt på en sydasiatisk liten tilltuggs- restaurang

Ganska modstulen sökte jag mig tillbaka till bostaden. Kvinnan släppte in mig, men for inte hem utan satte sig vid matbordet och fortsatte att gläfsa, ända till prästen kom hem vid nio- tiden. Jag undrade om hon bara hade social kompetens i höger stortå och att den kanske råkade vara bortamputerad eller om hon testade mig av någon okänd anledning. Prästen kom till slut. Han var en lustig typ. I hallen har han en kyrkklocka, 50cm hög, som är kopplad med radiovågor till kyrkklockan i Strasbourg eller något sådant. Denna klocka slog Angelus (Ängelns hälsning till Maria) 24, 07 och 18 varje dag. Han hade i ett stort rum, gjort i ordning ett privat museum med massor med gamla grejer.

Haaksbergen - Doetinchem

Dag 22, onsdagen den 3 oktober. Sol ~46=~787 <+51 57.700 +006 18.400>

I natt behövde jag kissa och smög upp, men dörren som ledde till rummet innanför toaletten var låst. Vad i hela friden gör man då? Det tog ett tag innan jag hittade på en lösning - handfatet i rummet! Vilket konstigt liv jag lever!

Denna präst satt jag och snackade med till frukost. Han gav mig goda råd och delade med sig av sina tankar: Jag har mött många människor på Jakobsvägen. Alla söker sitt eget jag och sin väg. Bergen som man måste gå över är de egna bergen och när man kommer fram till Santiago, är det sin egen skönhet man ser. En erfarenhet man gör en gång i livet.

Det han sade stämmer, för varje morgon måste jag klättra över mina egna berg; Trötthet, Modlöshet, Ovilja och många andra toppar av svårigheter. Idag strax utanför staden hittade jag en underbar affär. Jag kunde köpa Teflonolja till kedjan och längre remmar till packningen. Jag hade ingen aning att det fanns så trevliga affärer i Holland. En långcyklists dröm - nästan allt jag behövde fanns där!

I dag är det rena semestern, ingen vind och ordnad sovplats i ett hem. Inte så lång sträcka att cykla heller. Rena lyxen! Snart kan jag vila i Ravenstein.

Stod idag en lång stund och väntade vid en järnvägsövergång, men tåget kom aldrig. Bommarna gick aldrig upp. Vi blev fler och fler som väntade, medan bilarna vände om. Till slut tog vi cyklister saken i egna hjul och kröp under bommen. Då fick jag också se orsaken till bomproblemet. Till höger om oss, vid en annan övergång, var ambulans- och brandkårspersonal i full gång med att skrapa ihop resterna av ett före detta människoliv. Tänk vilken skillnad mellan denne som valde att hoppa och mig som just nu valt att cykla! Tänk vad bra jag har det! Jag hade gått genom min dödsskuggas dal. Jag hade gått och jag kunde nu sträcka på mig. Jag kan se med barmhärtighet på de människor som just nu gick igenom sin dödsskuggas dal. De som gick igenom den och klarade dansen på knivseggen och kom ut på andra sidan. Men också för dem som förlamades av skräck och valde att avsluta sin dans och sitt liv. Må de finna den friden de aldrig vågat lita på!

Bakom mig var det en cyklist som började prata med mig. Vi kom väldigt snabbt in på livet, varat, våndan i omsorgen och glädjen i att gå på Vägen. Hon lyckades aldrig förstå att jag inte är en manlig, ensam cyklist utan en kvinnlig sådan Stackars tjej! Hon kände sig nog ganska bortgjord, när hon förstod det, efter 40 min.

Jag frågade min första polis om vägråd. Det hjälper att ha en alltigenom laglig cykel. Detta kom att bli mitt första möte med en polis, men inte mitt sista. Lite skrämmande är det för rent teoretiskt har de makten att ställa till med bekymmer.

Doetinchem - Ravenstein

Dag 23, torsdagen den 4 oktober. Sol och vind. ~55=~842 <+51 47.900 +005 38.300>

Vaknade klockan sju och kände mig tröttare än trött, men hasade mig i alla fall upp ur sängen och packade. Åt en mycket snabb frukost. Jag hann bara äta hälften av behovet innan jag behövde sätta igång att packa cykeln. Brådskan gav resultat och klockan åtta kom jag iväg. Den kvinnan från huset guidade mig ut ur staden. Hon hade verkligen bråttom. Det var en otrolig morgonrusning och totalt smockat med cyklister. Jag tappade min lunch, ner på cykelvägen, men kunde inte stanna, för damen cyklade som en tok och jag hade en kö bakom mig. Hon sa adjö och fort for jag tillbaka, tog upp lunchen från gatan och cyklade sedan tillbaka ut ur stan. Äntligen ute!

På torget i Beek stod två manliga långcyklister och åt macka och drack kaffe. De var till och med mera förvildade än vad jag är. De hade oklippt hår, kläderna var ovårdade och de var tunnare än fladdermöss. En av grabbens väskor var lagade med påsförslutare, men det var stora hål och sprickor kvar. Han fick ha all packning i plastpåsar, för att det inte skulle bli alltför blött. De var måttligt glada att se mig. Varför vet jag inte exakt. Det kom fram att de cyklade från Madrid till Amsterdam. Jag misstänker att detta inte är en alltför planerad resa. Detta är premiär, första gången som jag träffar på andra långfärdare.

Jag fortsatte vidare längs vägen och hittade färjan över Wall. Färjan skulle gå om tre timmar. Tre timmars väntetid kändes inget vidare. Som tur var hittade jag en annan färja och tog den istället. Plötsligt stämde inget på kartan, tills jag förstod att jag inte korsat floden, utan fortfarande var på fel sida. Nu kände jag mig bara så trött och otroligt arg. Hur besvärligt kan det vara att komma över en enda flod? Ingenstans fanns det något ställe, där jag kunde hitta kaffe, för att dränka min sorg och få ny kraft!

Jag tog mig tillslut över floden Wall på en skakande bro. Jag hittade vägen genom den stora staden Nijmegen och tog ut GPS-riktning. Självklart cyklade jag vilse, fortsatte, vilse igen, hittade rätt, fortsatte, vilse igen och till sist frågade jag en grabb. Grabben visade mig till en bro över floden Maas, en tågbro! Ett 50 cm brett, trasigt galler skilde mig från vattnet! Utan att se något annat alternativ, gav jag mig ut på bron och fick möte av en annan cyklist och inte nog med det. Tåget kom också. Vad håller jag på med? Det är få tillfällen jag är höjdrädd, men nu ville jag över så snabbt som möjligt. När jag väl samlat ihop mina nerver, fortsatte jag med skäl-vande knän. Jag fick senare veta att övergången var olaglig och gav böter på 50 euro, ca 500 kr.

Framme i Ravenstein. Vad är det jag håller på med? Äntligen kan jag vila, duscha och tvätta. Jag känner mig som en skakande dimfigur. Byxorna är inte tvättade i tvättmaskin på 23 dagar. När jag ser på mina vänner i vardagskläder och jämförde med mig , kände jag mig smutsig, trasig och förvildad. Det är en sådan skillnad mellan vardagskulturen mina vänner har och cykelkulturen jag själv representerade även om jag har satsat hårt på att hålla mig ren och proper. Jag körde in cykeln i garaget och lånade ett fullständigt ombyte med kläder och underkläder. Sedan duschade jag riktigt hett och tog på rena kläder.

Är det så här det kändes att vara människa? Till maten fick vi sällskap av en annan gäst, en man med stil och uppfostran. Jesuiter, i allmänhet brukar ha en väldigt naturlig stil, men denna hade det mer än vanligt. Finmotoriken, som inte existerade hos mig, gjorde det till en långsam procedur att äta med stil. Jag fick bara i mig hälften av vad jag behövde på detta viset. Gick till sängs. Tack, att jag är framme och får vila! Det var skönt att bara vara.

Dag 24 och 25 torsdagen den 5 oktober och fredagen den 6 oktober.

I går och i dag har jag sytt om mina gamla packpåsar och lagat mina byxor behjälpligt. Byxorna har fortfarande ett behov av under om de skulle hålla till Santiago och hem igen. Skrevet och ändan var som en spetsgardin. Jag ångrade nu att jag tog ett begagnat par byxor och inte köpte mig ett par nya.

Cykeln lämnade jag in till cykelgubben. Vi stod länge och funderade. Han var själv långcyklist, så när han berömde min cykel, höll jag på att pysa över av stolthet i mitt hjärta. Han gjorde en allmän översyn, tittade på framdäcket, som skruvade upp sig själv. Sedan bytte han handtag, så jag kanske slapp att ha ont i händerna och satte dit en tredje flaskhållare. Det är få saker som jag är så estetiskt tilltalande som att se en riktigt skicklig fackmänniska i sitt arbete.

Jag har också tagit mod till mig och ringt till biskopenssekreterare. Hon kom ihåg mig, så jag behövde inte veckla in mig i pinsamma utläggningar. Hon skulle snacka med biskopen och jag skulle ringa dagen efter. Jag ringde och han mindes mig och var, till min förvåning, väl underrättad om vad jag pysslade med. Jag skulle ner till honom dagen efter och han skulle ge mig en katolsk rekommendation. For till Nijmegen och sökte efter det som behövde fyllas på.

Pilgrimspassport

I, Everard de Jong, auxiliary bishop of Roermond, Netherlands, of the Roman Catholic Church, declare hereby that

Ingela Westin, passport nr. . . . .

is on her way from Vadstena, Sweden, to Santiago de Compostela from oktober to december 2006.

She is of good character and has a true Christian motivation to make this pilgrimage.

Please provide all necessary support during her pilgrimage.

May God bless her on her road and may He guide her safely to her destiny.

Roermond, oktober 7th 2006, feast of Our Lady of the Rosary

+ Everard de Jong

HULPBISSCHOP van roermond

Neerstraat 57   T   0031 (0)475 386 831   E   e.d.jong@bisdom-roermond.nl
6041 KB Roermond   F   0031 (0)475 386 822   I   www.bisdom-roermond.nl

Dag 26, lördagen den 7 oktober.

Satt på det trevliga, välkända tåget mellan Ravenstein och Roermond Det tåget som jag suttit på så många gånger förr. Alla dessa gånger jag hade besökt och bott i Ravenstein och besökt biskopen. Jag hittade fortfarande mellan tågstationen och biskopskontoret.

Det finns personer som Gud bestämde i sin himmel, att vi skulle få möta för att sporras att gå på Vägen. Gud ställde biskopen i min väg, på min första resa till Santiago. Han var en besvärlig person, som utmanade mig, nu som då, att finna den innersta orsaken till det jag gör och tänker. Han fick genom sin ärliga besvärlighet mig att formulera och avtäcka min egen rädsla och ynkliga kärlek. Genom detta visade han vägen till att låta kärleken mogna till modig, stabil kärlek, som inkluderar både det traditonella och det radikala. Även denna gång fick han mig att förstå mina motiv och min vilsenhet på Livets Väg.

Dag 27, söndagen den 8 oktober.

Ibland är pilgrimslivet riktigt surrealistiskt. Jag råkade nämna för en av dem i Ravenstein om mina kissproblem. En av dem, arbetsterapeuten, blev överlycklig över att få hjälpa till med mitt delikata lilla problem. Lösningen var enkel, men jag önskade att jag skulle sjunka under jorden. Hon fixade nämligen fram ett u-rör (som används om någon är helkroppsgipsad) och sade helt glatt att, det var bara träning som gällde. Den var verkligt enkel att använda men jag var ovan att stå upp och kissa. Ett extremt genant problem och holländare är inte lika generade som norrländskor som jag. Det var bara att le och vara tyst när sådana små problem diskuterades över fikat.

Den absolut vanligaste frågan som jag mötte, var om jag cyklade ensam. -Ja, jag cyklar ensam. -Men är du inte rädd? Nej, hitintills har jag inte en enda gång varit rädd eller orolig. Jag har ju mina säkerhetsrutiner och regler som jag följer, och de företeelser jag inte kan skydda mig emot, är det den Tillvarons sak att ta hand om. Livet är ju ändå ett samarbete mellan himmel och jord, mellan mig och Någon.

Jag hörde det sägas en gång att människan inte ska låta sig styras av rädslans rådgivning, för det är en dålig rådgivare. Detta råd försöker jag leva efter. Jag har sett att Vägen har förändrat mig, för mina känslor är mera renodlade, glädjen är mera glad, sorgen är mer sorgsen och tacksamheten kommer från själens vida djup. Jag har lärt mig att vad jag behöver i livet är luft att andas, kärlek att ta emot och ge, mat att äta, sömn att sova, väg att cykla och Livet som andas mig. När någon ger mig en bit mat eller en bit golv att sova på är glädjen och tacksamheten större än vad jag trodde rymdes i min kropp. Den andra sidan är att när jag frågar om hjälp och någon är otrevlig blir jag i djupet så ledsen att jag vill sätta mig ner och gråta mitt hjärta tomt.

Dag 28, måndagen den 9 oktober.

Ibland händer det oväntat fasansfulla i våra liv, att en bit kött ur själen slits ur. Som att bli lämnad övergiven utan framtid, utan riktning och helt ensam. Då vet vi inte längre hur vi ska berätta sagan om vårt liv. Då behöver vi, som så många gånger förr, höra hur Livet självt berättar sagan om vårt liv samtidigt, som Alltets ords smekning, helar den sargade själen. Genom berättelsen om dåtiden får framtiden sin inriktning. Det stämmer verkligen det jag hörde en gång att pilgrimen konfronteras med elementen - både jordens och de egna.

Ravenstein – Tilburg

Dag 29, tisdagen den 10 oktober. Sol och vind. ~58=~900 <+51 32.600 +005 07.700>

Rasten är slut och jag är på Vägen igen. Min älskade VÄG! Livet är fantastiskt, sett från cykelsadeln. Kroppen är i toppform igen och cykeln är lika frisk som våren. Visserligen är armen inte helt okej än, men det reder sig. Jag har hittat svar på hur jag ska förändra kosthållningen. Proteinpulvret hade spelat ut sin roll. Det gav mig bara dålig mage. Det blir att trycka i mig ost och korv nu.

Denna dag kom jag till tänkt sovplats redan klockan tre, så jag fortsatte till Tilburg. Där sökte jag rätt på den största kyrkan, men ingen präst fanns att få tag på. Väntade, väntade och väntade ytterligare en stund tills en präst äntligen kom. Han var stressad och nonchalant, när han gav mig en papperslapp med "Fäder från Tilburg". Jag for dit och på vägen fick jag oanständiga förslag av ett gäng grabbar. När jag kom fram till fäderna, var det kalla handen direkt. Inga pilgrimer var välkomna!

Tiden började bli knapp till mörkningen. Jag var i en otrevlig stad med otrevliga människor. Jag ville inte fastna där. Vad skulle jag göra? Det sista tänkbara alternativet var trappistklostret, men de tog knappast emot kvinnor. Jag bestämde mig för att åtminstone ge det en chans och efter en stunds letande fann jag ett vackert kloster. Hjälp mig, så att de tar emot mig! Jag var nervös och det var mörkt ute. Om de inte kunde ta emot mig, fick det bli tältning, vid deras mur. Ringde på och gästbrodern kom ut. Jag visade biskopens rekommendation. Gästbrodern frågade på vilket sätt jag kände till biskopen. Tydligen räckte mitt svar, för han släppte in mig utan strul. Tack, för barmhärtighet! Brodern gav mig mat och en säng, nu hägrar en juvlig stillsam sömn.

Belgien

Belgien är ett mellanland, delat i två kulturer och två språk. Den norra, holländska kulturen, kännetecknas av hyfsade engelskkunskaper och gästfrihet. Den södra delen, däremot, är franskinfluerad, både vad gäller kultur och språk. Det är fortfarande hyfsat gästfritt men befolkningen har dåliga kunskaper i engelska. Glöm att det är ett land. Det är två land i ett.

Ha en bra karta till hands, för skyltningen är bristfällig. Du måste hitta själv.

Tilburg - Westmalle

Dag 30, onsdagen den 11 oktober. Sol och vind. ~50=~950 <+51 17.000 +004 39.300="""">

Nu är jag på den gamla holländska cykelleden och jag har korsat ännu en gräns. Vägen i Belgien är inte rolig. Den är smal med mycket tung trafik och cykelbanan är mycket smal. Till slut har jag blivit förskräckt så många gånger att jag blivit som ett rasslande skelett med mycket hetlevrat temperament. Inte blev det bättre trots att cykelvägen blev mer skyddad och bredare. Då slutade snorungarna från skolan, och de små snorungarna bildade gigantiska motvallsproppar som prejade ut mig i vägbanan! Ibland kan det inte vara roligt att lyssna på mina tankar.

Jag kom till Tilburgs broderkloster, nämligen Westmale. Det var en otrolig skillnad mellan de två klostren. Båda är trappister, disciplinerade och målinriktade, men samtidigt gästfria och milda. Klostret i Tilburg var välskött och hemtrevligt. Jag kände mig hemma där. I Westmale, däremot är allt gammalt, litet slitet och kalt. Jag känner mig inte direkt hemma, men det är rent i alla fall. Mamma ringde idag. Tänk vad det var trevligt att prata lite grann, för annars är jag mest tyst hela dygnet!

Westmale- Lire

Dag 31, torsdagen den 12 oktober. Sol och vind. ~34=~984 <+51 07.800 +004 33.900>

Trappisternas frukosttider håller på att få mig på knä. 7.29 i morse vaknade jag av att det var ett väldigt liv i våningen under mig. Folket kom från mässan och jag kastade mig upp och slängde på mig kläder. Klockan 07.33 satt jag vid frukostbordet. Puh!

Sedan återstod bara konststycket att äta det jag behövder med stil. Just vid detta tillfälle utesluter dessa två satser varandra, olyckligtvis.

Jag som trodde att det var svårt att köra utan bestämd rutt. Det är bara skitsnack, för det är lika svårt att köra efter bok och bestämd rutt! Idag körde jag vilse två gånger men å andra sidan blev jag hux flux bjuden på lunch hos en bondfamilj. Det blev soppa och bröd och därefter grannbondens hemlagade glass. Det gemensamma språket var en blandning mellan engelska och holländska. Det blev en gigantisk fest utifrån improviserad gästfrihet. Tänk vad Livet är fantatiskt! Själv hade jag bara haft torrt bröd till lunch idag.

Kom dit klockan 11.30. Slet mig därifrån efter två timmar med full mage och två sköna hemmastickade sockor, som jag fått av frun. Tacksamheten når från min varelses mitt till yttersta hårtopp! Först när jag kom till gården, blev hundarna som tokiga av nervositet, när de såg mig konstig-luktande-människa-med-gigantisk-cykel, men efter en timma hade de sett att jag egentligen är en väldigt trevlig människa. Detta hem bebodds av, förutom tre människor, två hundar, tre fåglar och massor med exotiska träd och plantor. De har frun drivit upp ur frön. Platsen är som en fullständig oas för en svältsedd pilgrim. Hela jag har förvandlades till en tvättsvamp, för att inte missa ett uns av nåden att få vistas i ett helt vanligt kärleksfullt hem.

Idag när jag träffade en av dem som pekade ut vägen, blev de förskräckt över att jag som kvinna cyklade ensam. En av kvinnorna frågade varför jag inte anlitat ett av dessa företag som anordnade cykelresor till Santiago. Är det överhuvudtaget någon vits att göra en pilgrimsresa i så fall? Var finns då den tacksamma glädjen mot människor och livet, när jag får en säng att sova i, mat att äta och svar på andra basbehov uppfyllda? Var är Vägens utmaning/utmattning och uppskattning om andra redan har fixat allt?

Kom till Lire och sökte mig till en systragemenskap, som jag visste fanns. Hittade den. Jag visade biskopens rekommendationsbrev och de blånekade mig att stanna. Guiden som visade mig vägen till huset hade önskat mig mod och tålamod till resan. Efter att ha blivit avspisad behövde jag verkligen mod, för modet blev kvar innanför dörren och där ute stod jag ensam kvar. Skyndade mig till kyrkan, gick in, träffade på värdarna och förklarade mitt ärende och mina behov. De stod och funderade länge. Jag stod som på nålar, för min cykel var olåst och obevakad. Jag känner mig halv och osäker, när jag tvingas lämna min cykel. De kom fram till svaret, "Bryggan". En karl skulle visa mig vägen dit. Jag försvann ut som en pil till cykeln och den stod kvar, orörd. Tack!

Detta ställe är ett gammalt kloster, där det hade vuxit upp en boendegemenskap med tolv personer. De blev glada att se mig. Jag fick vila, tvätta, duscha, äta fint och mycket. Tänk vilken skillnad mellan de som smällde igen dörren och dessa! En kul detalj med dessa människor, är att på innergården hade de en f d bur-kanin som är utsläppt i frihet. Denna lyckliga kanin hade grävt ett bohål till de boendes förskräckelse. Heja, kaninen!! Jag tror att jag började få anarkistiska drag, som får en sådan glädje av en kanins naturliga tilltag.

Jag funderar över mitt liv som cyklist. Jag har ett stort behov av vardagsunder. Ett flertal människor har på allvar sagt till mig att jag aldrig någonsin får lämna cykeln obevakad, därför att de stjäl allt och från alla. Men vad har jag för val möjligheter? Ibland måste jag lämna cykeln och vad spelade det för roll om jag låste cykeln? Väskorna är det bara att ta och då förlorar jag nästintill allt jag ägder. Ingen har hitintills rört cykeln, om någon i barhärtighet gör den osynlig eller ställer dit en vakt vet jag inte, men det är i såfall hans hemlighet. Ett annat under är att jag måste träffa rätt personer vid rätt tid. Personer som har fantasi och vilja att hjälpa mig att hitta en säker sovplats. Om jag hittade fel personer finns det ingen gräns för vad som skulle kunna hända. Hela tiden har jag snubblat helt rätt helt timat. Tänk är inte livet på ensam på cykel farsinerande fantastiskt.

Någonstans i Nya Testamentet om jag minns rätt står det att man ska visa gästfrihet, för man vet aldrig när det kommer en ängel på besök. Jag tror också att det är så, att änglar kan bjuda på lunch, svara på frågor, cykla före för att visa vägen och att en ängel kan önska en mycket mod och tålamod. Mod att stå med ett behov inför Tillvarons ansikte och människors ansikte, tills det är löst utan att bli allt för rädd och därför vika undan. Tålamod att dag efter dag, göra det, utan att ge upp. Mod och tålamod att fortsätta varje dag, utsätta mig för behovens slitage och Tillvarons helande omsorg. Det är ett märkligt och mäktigt liv jag lever!

Lire – Aalst

Dag 32, fredagen den 13 oktober. Sol och vind. -55=~1039 <+50 57.000 +004 03.700>

Det kändes som ett evigt sökande efter sovplatser. Jag cyklade som en tok på en jättefin cykelväg utan trafik, för att komma till Aalst. Kom dit, hittade ingen som pratade engelska och beslöt mig för att pröva adressen till fransiscansystrarna. Deras hus såg helt dött ut. For till den andra adressen, ett ålderdomshem och de gav mig lov, att jag kunde få sova i konferensrummet. Jag fick tre mackor till kvällsmat. Först tänkte jag spara två till lunch, men jag var så hungrig att det blev bara en kvar. Förbarma dig och ge mig lite mer mat!

Damen som tog emot mig sa att jag skulle ställa cykeln i cykelstället, men det kunde de glömma. Jag körde in cykeln i ett buskage istället, där den var helt osynlig förutom från två olika små vinklar. Jag känner mig mycket trygg och stolt med den lösningen. ... De kom ikväll och sade att jag kunde få ta in cykeln på varuintaget. Det var rent otroligt schysst och omtänksamt. Det finns så mycket omsorg i denna värld.

Aalst- Deftinge

Dag 33, lördagen den 14 oktober. Sol och vind. ~28=~1067 <+50 47.100 +003 50.300>

Snacka om tillvarons giganska skämt! Igår önskade jag tyst om lite mat och nu på morgonen fick jag en kasse, full med två aluminiumpackade kött- och prickigkorv, 15 stora ostskivor, två paket mega- brödskivor, tre hemvärpta ägg, fem äpplen, ett päron, en banan, tre stora plommon, en megastor godispåse, tre chokladkakor och 20 portionsförpackningar smör och marmelad. Jag tror inte jag har glömt något. Detta måste man väl säga är som ett mått skakat och rågat! Jag tror att jag glömt hur det är att ha ett kylskåp och ett skafferi, är inte Livet underbart.

...

Det kändes som jag haft lite semester den här dagen. Jag var framme klockan 13 och då fick jag både lunch och kvällsmat. Efter lunchen fick jag en rum med fåtölj och rena manglade vita lakarn!

En av systrarna guidade mig i staden intill och visade mig ett Mariakapell. Jag blir så tacksam att kongregationen tog emot mig med öppna armar och gav mig ett rum med bäddad säng och manglade lakan, mat, sällskap med en engelskspråkig och de bjöd mig också på café. På caféet satt vi och pratade om livet, om valen tvåsamhet, solohet och klostergemenenskaper.

37

Systern sa att om hon varit i min ålder, skulle hon göra likadant. D v s leva solo och fortsätta med att göra vad hon gör idag, nämligen hälsa på gamla och sjuka. Hon fick mig att börja tänka på tiden. Tiden för mig (30-åring) och för henne (75-åring). Det är helt olika situationer.

Hon hade i realiteten haft ett val att kunna gifta sig. Om hon inte valde det fanns bara ett alternativ kvar och det var att leva i någon slags systraskap. För mig finns valet mellan tvåsamhet, solo eller systraskap. Jag har gjort vägvalen mot soloheten. Det händer när jag kommer i samtal och säger detta att främst gifta män går i taket.

- Vänta bara du, tills du hittar den rätte, för då svänger du dig på en fe- möring! "Ungdomen" är extrem. Vänta bara tills du blir äldre och visare. Då finner du Mannen i ditt liv!

Av någon konstig anledning är det bara gifta män som säger så och inte deras fruar eller andra gifta kvinnor. Är det så att denna sorts män tror att de är alla kvinnors gåva, medan fruarna har en annan syn på situationen? Sen kan ju ingen veta vad som händer i framtiden. Kanske vill någon sätta en livskamrat vid min sida och då är det så, men det är inget jag strävar efter eller längtar efter.

Jag tror min fysik har ändrats, för i början var skjortan vit av salt från svett. Morgon och kväll hade jag ett gigantiskt berg att klättra över av trötthet. Nu har jag inget av detta, för jag tror jag vant mig vid detta ovanliga liv. Det är också en enorm lättnad, för jag kan dricka hur mycket jag vill nu, för jag har ju röret och jag behöver inte söka kissplats i en halvtimme.

Deftinge - Tournai

Dag 34, söndagen den 15 oktober. Sol och vind~49=~1116 <+50 36.100 +003 23.900>

Sedan jag lämnade Sverige, har ingen sovplats skickat iväg mig med så översvallande kärlek som dessa systrar gjorde. Tack! Nu är jag redo för den fransktalande delen av Belgien. Belgien är ett vackert land. Landsbygden är vidunderlig, men ingen engelska och ingen holländska talas. Vackert, men ensamt. På landsbygden är det okej, men i staden däremot känner jag frustration och maktlöshet. Jag fattar noll och orden kommer som en feberdiarré ur folket som jag tilltalar. Hjälp mig!

38

Innan jag kom in till Tournai hade jag beskydd. Jag frågade en som kunde engelska. Hon förklarade och gav mig en lapp. Efter en lång dags cykling var det en stor gåva att få prata med en vänlig människa. Jag fick också tre belgiska chokladkakor av henne. Detta var bra för en cyklist, sa hon.

Jag kom in i Tournai, körde vilse, och fick känslan av att det var en mycket farlig plats att vistas på. Jag kände mig osäker om den rätta riktningen. Ingen ville hjälpa mig och ingen polis fanns i synhåll att fråga.

Tog en riktning och börjar cykla och kom till ett säkrare område. Jag försökte att fråga, men ingen ville svara och ingen verkade ha en vilja att hjälpa mig. Till sist var det en man i en bil som flinar åt mina ansträngningar. Jag beslöt mig för att våga fråga honom. Han kunde engelska och visste var klostret låg. Jag cyklade dit efter mannens beskrivning. Väl framme vid klosterporten dök nästa problem upp. Det satt en lapp på franska på dörren. Jag förstod inte vad det stod och ingen fanns att fråga.

Satte mig att äta sista mackan och försökte fundera. Skulle jag knacka, eller inte knacka, knacka, eller inte knacka... Jag bestämde mig till sist för att knacka. Då kom en syster, som det formligen sprutade franska ur - ingen engelska eller holländska, bara franska. Jag fattade noll och mitt mod sjönk genom jorden och försvann ut till yttre rymden. Jag kände mig eländig och trött. Frankrike är många, många, långa mil. Ge mig hjärtats gemenskap och förståelse!

Hon gav mig ett rum. Det var fruktansvärt kallt och jag frös. Huset hade inte renoverats sedan det byggdes och elen hade inte rörts sen den drogs. I Sverige skulle detta huset K-märkts fortare än en blink. Det kändes mycket konstigt, som att stiga in i en annan tid.

Plötsligt kom jag på att jag varje gång jag kommit in i ett okänt, nytt språkområde, så har känslorna fått sjunkbomb, men jag har överlevt. Jag kommer att klara det denna gång också, så det så!

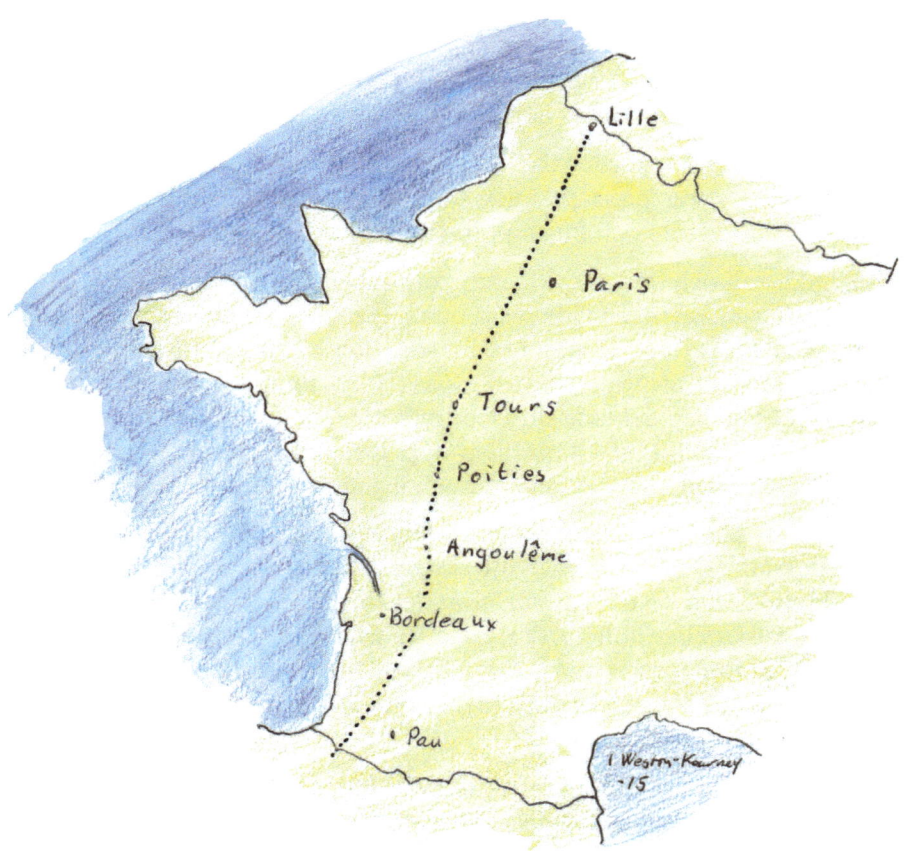

Frankrike

Detta är ett svårt land, förbered dig på det. Generellt vill de inte prata engelska, även om de kan språket. Värderingar och regler är inte europeiska utan franska, så förbered dig på svårigheter från minsta gradens kulturkrock och vidare uppåt i olika svårighetsgrad. Se till att du inte är beroende av hjälp, om du kan undvika det, utan försök vara självgående.

Köp inte reservdelar till cykeln, för allt är egen design. De överensstämmer alltså inte med din cykel eller dina redskap. Reservdelarna ska du köpa antingen i Belgien eller i Spanien. Pilgrimsleden över Lepy har mest öppna pilgrimshärbärgen.

40

Tournai - Abbé de vauce

Dag 35, måndagen den 16 oktober. Sol och vind. ~81=~1197 <+50 04.700 +003 13.500>

Idag kom jag in i Frankrike, men lyckades inte kommunicera ett enda skit. Jag vet inte en enda sovplats i hela Frankrike och mina öron är lite rädda. Rädda att jag får sova ute mer än inne, rädda att inte förstå ett ord vad detta gigantiska land säger. Med friskt mod är hälften vågat eller vad det nu heter.

De reparerade vägarna, så jag hade stora problem att hitta in i Cambrai. Jag blev försenad och kom inte fram förrän klockan 17 och inte runt klockan 16, som var målsättningen. Ingen kunde svara vettigt på en enda fråga. När jag kom in i staden, var jag riktigt nervös. Plötsligt såg jag en polisbil, cyklade fram och frågade. De ville åtminstone försöka förstå min fråga, trots att de inte kunde säga mer än tre ord på engelska. Ur ingenstans (hade varit så fokuserad på polisbilen att jag inte såg mannen som målade bredvid) dök en målare upp som talade underbar, perfekt, brittisk engelska. Han agerade tolk för polisen men de kände inte till något kloster, utan de fortsatte därifrån. Denna ängel sänd från himlen, "The jolly sailer"/"Den glade sjömannen", är en immigrerad engelsman, gift med en fransyska och han driver en pub. Han förklarade vägen till turistbyrån och kyrkan. Jag hittade dit, men hittade ingen präst i kyrkan.

Turistbyrån kunde fem ord engelska och var fruktansvärt intresserade av att skriva upp min nationalitet, men ville inte hjälpa mig hitta till det närmaste klostret.

For tillbaka till "Jolly" och hittade honom efter lite sökande. När jag förklarade sökresultatet berättade han om något turistiskt, exklusivt kloster. Jag fick en croissant som kvällsmat och skyndade mig som en tok därifrån. När mörkret kom var jag fortfarande inte framme vid klostret. Pressade mig mega-grande och äntligen kom jag fram till klostret. Men de hade ingen portbroder. Jag, som var så säker på att biskopens papper skulle fixa in mig, hur turistiskt det än var... Istället stod jag där i stum förvåning och kände total missräkning. Hjälp mig! Till slut hittade jag ett buskage där jag kunde sova, men en byracka på granngården blev vansinnig och skällde ut mig. Hittade bönder som fortfarande arbetade och jag fick lov att sova på deras hövagn. Detta är inte en bra början i ett nytt land.

41

Abbé de vauce - St. Quentin

Dag 36, tisdagen den 17 oktober. Sol och vind. -32=~1229 <+49 51.300 +003 18.500>

I natt har jag pendlat mellan sömn och vakenhet hela natten lång. Det har blåst mycket, ibland har det känts som att taket skulle flyga iväg. Jag vaknade tröttare än trött, med en tung kropp, en tung själ, dålig frukost och inget kaffe. Jag släpade mig ur höet, kom iväg och huvudvärken följde med mig.

Efter en stunds cyklande fick jag kaffe av en kvinna i ett fönster. Jag tror hon jobbade i ett stadskontor. Hon kunde inte engelska, men på något sätt fick vi kontakt. Hon gav mig också ett gäng kaffekoppar med inbyggt kaffe. Kanske inte så miljövänliga, men de smakade kaffe.

Släpade mig fram, gav upp i St. Quentin, där jag tog in på vandrarhem Jag fick vänta 50 min på att bli inskriven. Snacka om att vara naiv! Jag hade tänkt mig att de kunde tala engelska. Låste fast cykeln och gick och lade mig. MIGRÄN! Sov, åt två ägg, hälsade på en kollega och sov igen som en död.

St. Quentin - Ourscamp

Dag 37, onsdagen den 18 oktober. Sol och vind. ~52=~1281,5 <+49 32.100 +002 58.300>

Vaknade pigg och nyter klockan kvart över sex och började min dag med att äta frukost i två timmar, för att ta igen all mat jag förlorat under en och en halv dag.

Min pilgrims- och cykelkollega från Belgien, har jag inte sett röken av. Gav mig av klockan åtta och cyklade i stilla mak. Naturen är förunderlig och inte en människa är i sikte. Morgondimman försvann sakta in i dagsljusets vida sikt. Jag väntade mig att få se min kollega bakom mig, för han verkade vara en som cyklar tills han spyr och ser det som ett bevis på sin manlighet. Kuriosa är att han, trots detta, är rejält lönnfet. Snacka om dubbelt!

Han dök upp vid lunch och han är så vidrigt, manligt kaxig. Men hans Ortlibs- (bästa kvalitetsmärket tillsammans med Vaude) -väskor var inte ens smutsiga, för han hade bara åkt i 10 mil. Han hade svårt att ta att en tjej kunde cykla fortare, längre och kanske kunde hjälpa honom med små tips. Det är trevligt att kunna prata med en människa, men jag började väldigt snart längta efter ensamheten igen. Jag valde en annan väg genom skogen och hittade ett underbart vackert ruinkloster och mitt hjärta slets itu av längtan att få sova där. Det är gigantiskt stort. Det har en mittsektion med två flyglar. Den högra är en sönderbombad ruin, medan den vänstra är renoverad. Trädgården, som tillhörde huset, är gigantisk men allt är inte i ordningställt.

Jag trampade på och kom till Compiègne, men där fanns inget vandrarhem. Killen på turistbyrån sa att Pilgrimshärberget hade stängt för en vecka sedan och inte på några villkor tog emot någon. Jag blev skickad till församlingsexpeditionen. Självklart kunde inte kvinnan engelska. Jag talade, ritade och tecknade min sovfråga, men hon tyckte att jag skulle ta in på hotell. Då svarade jag att jag inte hade tillräckligt med pengar. En annan orsak var att jag tvunget måste hitta in i klostervärlden så att jag hittar framtida sovplatser.

På något sätt fann hon någon slags känsla för mig och efter 40 min sökte hon någon som skulle kunna tänka sig att låta mig sova en natt under deras tak. Hon ringde till slut till det vackra ruinklostret och de sade okej.

Fransmän är mycket konstiga. Ibland fick jag känslan att de njuter av att höra oss utländska vända oss ut och in i fantasifulla försök att göra oss förstådda. Tanten kunde inte ett enda ord på engelska. Plötsligt, när hon började tycka om mig, började hon försöka att prata engelska lite, men fullt tillräckligt. Det är obeskrivbart. Här har jag slitit själen ur mig i försök att göra mig förstådd. Jag känner mig förnedrad och lurad.

Jag cyklade i väg som en tok för att nå fram innan mörkrets inbrott. Jag kom tillbaka till klostret i skymningen, strax innan klockan sju, fruktansvärt trött. Klosterruinen är upplyst och helt otroligt vacker. Jag gick in i kyrkan och deltog i tidegärden. Detta kändes som en himmelsk avslutning för en trött pilgrim som jag. Fick mat, tvättade kläder och ska nu sova.

Dag 38, torsdagen den 19 oktober.

Jag kände mig trött och åt resterna från kvällsmaten. Packade sakta och kände mig inte alltför entusiastisk över att ge mig iväg. Jag stal mig ytterligare lite vila. Brodern från igår kom och vi snackade lite. Jag slängde ut en liten krok, om att jag var sliten. Efter ett tag frågade han om jag ville stanna en natt till. Då svarade jag snabbt: Ja, tack! Packade upp igen och hängde de tvättade, blöta kläderna på tork. Bad om ett par byxor, så jag kunde tvätta och laga byxorna. Skrevet var mycket trasigt, men nu blev det bättre. Satt i dörröppningen och lagade allt trasigt. Tänk att det är så skönt att bara sitta, att bara existera!

Jag hade druckit kaffe, ätit, bara varit och vilat. I går, på väg hit, beskyddade änglarna mig från att bli köttfärs. Det var ett hål i vägen, som jag körde ner i. När jag körde upp ur hålet, höll cykeln på att totalt flyga i backen, men en ängel sprang nog vid min vänstra axel för att hålla mig upprätt. Det är bara att tacka den som vill att jag ska leva och överleva. Tänk att jag fick vad jag så desperat behövde, nämligen en vilodag på ett kloster. Jag ägnade dagen åt att äta, kontrollera packningen och att underhålla min cykel.

Det kommer en dag då Livet frågar: - Följer du mig vidare? Vidare till för oss okända marker, men för livet kända. Vidare till djupare gemenskap, smärta och glädje. Är jag, är vi, då beredda? Ett nej respekteras, men ett ja behöves.

Vem är pionjär? Vem eller vad följer den som först går en blivande stig för första gången i orörd terräng? Vem följer den stigröjande pionjären efter? Det är lättare att följa efter i kön än att leda och att röja. Vad lyssnar röjaren till för tecken och för ledning? Vem håller pionjären på rätt spår så att även kön går rätt? Vem ger pionjären kraft att gå vidare, utan att ge upp?

Är Livet själv svaret? Den som går före, som talar uppmuntran och ger råd, en röst som ger mod och hopp, en som har kartan i kartlöst land. Utbildningen till röjare görs av livet självt - allt som har hänt och som kommer att hända innehåller lärdom. Tillvarons egen viktorinox, (schweizisk armékniv) ger förädling och är så smygande naturlig att den inte uppmärksammas. Lär mig och hjälp mig att säga ja, när du ber oss att gå vidare ett stycke med dig. Så att jag och vi blir de redskap du önskar och behöver. Lär mig se dig och dina handlingar, dina perspektiv och dina tankar. Gör mig lik ett vilt djur som ser farorna och undviker de innan de blivit farliga. Träna mina sinnen för att upptäcka dig och följa dig i alla olika terränger.

Ourscamp - Mouy

Dag 39, fredagen den 20 oktober. Sol, vind och lite regn. ~72=~1353,5 <+49 19.200 +002 19.100>

44

Sov hos fransiscansystrar. De kunde ingen engelska, men hade äntligen knäckt gåtan att kunna kommunicera. Rita och gissa går bra. Av någon anledning var de inte överdrivet glada över min närvaro, men efter att jag tagit fram brodyren, gick det bättre. De hjälpte mig till en sovplats bara fyra mil bort. Inte särskilt bra, men det var ett tak i alla fall. Systern var tvungen att riktigt ryta till i telefonen, för att kunna fixa boendet. Vad har fransmän och franska kloster emot pilgrimer? Jag upplevde inte på något vis samma kamp i Tyskland, Holland eller Belgien. Varför är fransmän så udda? Har det något med mig att göra eller är det den franska kulturen? Med nuvarande erfarenhet är oron över sovplatser innan jag nådde Frankrike bara barnsligheter.

Idag har jag Ingela fått hämnd för 30 dagars utskällning av byrackor. Min stora kärlek till hundar har krympt för varje hund som skällt på mig. I och med att det har varit kring tio per dag finns varken kärlek eller tålamod kvar. Jag stod i frid och kollade kartan, då en schäfer, bakom min rygg, började skälla. Jag vände mig om och såg intensivt och auktoritärt på honom. Hunden tystnade, men en rottweiler på gården bredvid, började istället. Nu blev jag tvärvred och såg på honom ännu intensivare. Mitt i ett skall, förvandlades skallet till ett gny och han vände. Segern smakade som finaste champagne. Jag åt en smaskig köttbit och hunden blev om möjligt ännu vänligare medan Ingela kände byrakans fräcka segerrus. I morgon måste jag lämna klockan åtta.

Mony - Lavilletertre

Dag 40, lördagen den 21 oktober. Sol, vind och regn. ~39=~1392,5 <+49 11.800 +001 55.800>

08.05 sitt jag på en pub och dricker kaffe. Jag måste ta det jättelugnt idag, för jag fick inte komma fram före klockan fem och det var bara fyra mil till målet.

Jag undrar om jag äntligen har förstått innebörden av tradionens "den heliga lättjan". Det håller nog bara i sig så länge kroppen är i sådan fin form och så stabil som nu. Den enda prövningen jag såg i dag var att charma kvällens kloster, så att de kunde tänka sig att hjälpa mig med framtida sovplatser.

När jag tänker tillbaka, så har varje land har sina svårigheter. I Sverige var problemet att starta upp kroppen. I Tyskland var det trafik och kart-läsning. I Holland var det trötthet efter Ravenstein och i Belgien var det egentligen bara lite småförtret. Nu har jag en djupare oro än någonsin tidigare, för det är så svårt att ordna med varje sovplats och jag hade svårt att få en naturlig kontakt med det lokala folket. Det är som en mur. Visst är det så att jag får kontakt, men det händer inte alls lika ofta som tidigare. Jag förstår inte riktigt vad det är frågan om.

I morgon har jag ingen sovadress och enligt kartan är det bara byar och mindre orter på min väg. Förutom att detta kloster inte har några för mig fruktbara kontakter, så är det ett trevligt kloster med nunnor som pratade engelska och en som pratade danska, för hon har bott i Danmark. Det finns en stor hemkänsla och det är länge sedan jag fått känna det.

Lavilletertre - Goussonville

Dag 41, söndagen den 22 oktober. Sol, vind och regn. ~43=~1435,5 <+48 54.800 +001 45.000>

Nu är min tanke bevisad, nämligen att det går att med en cykel och ett halverat yttertält skapa ett fullt dugligt vindskydd! Svårigheten är att få cykeln stabil, men annars är det en mycket mer flexibel lösning än tält. Detta var min första natt utan tak, min andra natt ute och det var stört omöjligt att hitta en rumsuthyrning. Det var väl bara att acceptera läget.

Det var svårt att hitta en bra plats att sova på, för det är jaktsäsong. Tes-tosteronstinna skjutgalningar sprang runt som yra höns med sina flå-idi-oter till hundar. Jag har valt en skogs- och sly-dunge med en liten grusväg alldeles intill. Sju minuter efter jag valt gömstället och satt mig, kom en jägare, utan hund, gående. Han gick tio meter ifrån mig och han såg mig inte. Jag satt som en jagad kanin, stilla som en sten. Jag är djupt tacksam över att franska jägare är blinda och naturanalfabeter. Men helt bra är det inte. För deras dåligt siktade kulor kan skada mig, lika väl som ett oskyl-digt djur. Jag har förberett allt. Dolt alla reflexer eller andra iögonfallande delar, telefonen är ljudlös. Tillvaron har också gjort sitt för det är hundvä-der, stark vind och regn. Nu är det upp till träden att fortsätta skydda mig. Brödet jag köpte är mögligt så det är bara att skära bort möglet, äta och le. Från och med nu är det bara att köpa de tråkiga, vita, franska bagetterna. De är åtminstone alltid färska. Idag fungerade inte heller kompassen p g a magnetismen från högspänningsledningarna till Paris.

Gousson - Champhol

Dag 42, måndagen den 23 oktober. Sol och vind. -63=~1498,5 <+48 28.100 +001 29.600>

Jag vaknade klockan nio och kom i väg klockan tio.

Tänk vad konstigt att hemma är det snö, medan här är det knappt höst. Tänk vad världen är stor. Jag var på vägen igen. Kom fram till slut till en pub, parkerade cykeln, gick in och beställde kaffe. Jag tog av mig mössan, som jag sovit i. Håret stod åt alla väderstreck. När jag kikade i spegeln, såg jag en blandning av en härjad och en resolut pilgrim, en konstig blandning.

I puben befann sig två pensionärer, två daglediga, byfånen, bartendern och jag. Alla stod och drack sprit. Byfånen stod dessutom och gafflade. Jag fick mitt kaffe, drack det och frågade om priset. Svaret var något obegripligt. Jag chansade på 1.10 €. Byfånen såg ned i min hand och sa på nästan perfekt engelska, att det stämmer, men att han bjöd mig på kaffet. Jag tackade, både på franska och på engelska. Jag förstummas av det absurda i situationen, att jag i Frankrikes öken tilltalas på oklanderlig engelska av byfånen. Han såg mig och uppskattade det jag gjorde, medan de "erkända" byborna inte såg mig alls. Jag är övertygad om att byfånen extraknäckte som vikarierande ängel, fast han döljer det väl. Tänk det är sådana här situationer som får mig att fortsätta. När någon ser mig som människa, även om kontakten bara är två minuter eller mindre.

Jag kom på idag, att när jag köpte denna cykel för några år sedan, var det för att jag ville cykla till Santiago. Sommaren innan cyklade jag Vadstena-Uppsala, för att se och lära, om det var möjligt att cykla till Santiago.

Något år före det nosade jag upp en tjej som skulle gå till Santiago och jag var beredd att hänga på henne, men hon fick en pojkvän, så det blev inget. Därför blev det en holländsk buss dit istället det året. Tänk så långt tillbaka rötterna för denna resa går! Jag undrar vilka rötter som börjar nu?

Slet mig fram till klostret. De tillåter mig att stannar i två dagar. Nu kan jag äta, duscha och meka. När jag frågade om jag fick låna ett par byxor fick de bråttom ut och när de kom ut till säkerheten började de gapflabba. De hade väl aldrig hört talas om en människa som bara hade ett par byxor.

47

Dag 43, tisdagen den 24 oktober.

Jag har sovit som en griskulting. Det blåser enormt och jag är djupt tacksam att jag inte är ute på vägen. Tillvaron har släppt vindhundarna lösa och jag hoppas att de springer av sig, så det blir lugnare imorgon.

Vaknade klockan sex på morgonen och var vrålhungrig. Frukosten bestod av tre kaffe och en baguette. En rejälare frukost kan jag fantisera om. Jag tror att min förvildningstendens har stabiliserats, för jag verkar inte bli mer förvildad än vad jag är.

Förr tyckte jag alltid om hundar. Var de knäppa tyckte jag alltid att det berodde på ägarens oförstånd, inte hundarnas. På sätt och vis tycker jag det fortfarande, men när jag ska söka en olaglig frilufts övernattningsplats, då har de, tillsammans med människorna, blivit mina fiender. För människorna kan jag utan problem förbli osedd, men deras lusiga hundar upptäcker mig på en röd sekund och avslöjar mig. En annan förändring som har skett, är min relation till backar. I början var det en mardröm, nu är det som en fjärilsfis på humöret.

Mina rutiner är fastlagda: upp, frukost, packa, iväg, börja äta klockan tio, stanna vid korsningar, läsa kartan och känna efter vilken väg som kändes rätt. På backkrön stannar jag för att äta och dricka och när jag är trött stannar jag vid en pub och dricker kaffe. Klockan fyra stannar jag vanligtvis och söker sovplats. Ibland tar det fem minuter, ibland upp till tre timmar. Packa upp, skicka sovplats-sms, fixa lunch, äta, läsa karta, laga, meka, förbereda och sova. Egentligen lever jag ett underbart skönt liv. Jag inser att mina problem är ytterst konkreta, men samtidigt är de som salt och peppar. I rätt proportioner gör de anrättningen godare.

Försökte fixa cykeln, men det gick inte. Växeldrevet var snett, så jag for till reparatören med en känsla av att kunna bli utfattig. Gubben muttrade, hämtade en skruvmejsel, böjde till den, och hux-flux, var han färdig och det blev alldeles gratis. Varje gång jag cyklar utan packning kommer jag på vilken fullblodshingst jag har. Jag har världens vackraste cykel.

Champhol - Châteaudun

Dag 44, onsdagen den 25 oktober. Sol och vind. -57,5=~1556 <+48 04.800 +001 20.900>

Jag har dragit på mig svamp i underlivet. Mycket opraktiskt för en cyklist. Människan är inte skapade för att ha cykelbyxor i minst 10 timmar per dygn i 44 dagar i sträck. Det är bara att pröva TeaTree oil, en växtolja. Den biter på fotsvamp. Fast jag får blanda ut den ordentligt, så det inte blir för starkt.

Jag har funderat över husen här i Frankrike. I Tyskland, Holland och norra Belgien var husen välskötta, levande och estetiskt tilltalande. Här är det massor av skräpiga ruckel som till och med är estetiskt frånstötande. Jag förstår inte hur människor kan tänka sig bo och leva här.

Samma sak var det med hundarna. Norrut var de flesta, friskare och lyckligare än tvärtom. Här kan jag inte säga att de flesta lever ett värdigt liv många fastkedjade lusiga misshandlade.

Jag funderar över vandrare och främlingar som jag. Vad var det vi ser? Vi ser samhällets ytterkanter och bakgårdar. Vi ser de små detaljerna som visar om människorna mår bra eller inte. Detta är en överlevnadsstrategi. Mitt eget liv och min egen säkerhet bygger på att jag gör rätt bedömning. Att jag inte lägger mitt livs skörhet i opålitliga händer, utan bara i de pålitligas. Att jag inte sover hos fel människor eller inte frågar om råd hos fel personer.

De som jag bodde hos idag försökte, men det var stört omöjligt att hitta någon som ville ta emot mig följande natt. Det blev att välja mellan att betala eller gömma mig. Illa!

Men hennes strävan är undantaget som bevisade regeln. Ju längre en person måste söka, ju större möjlighet att jag får någonstans där jag kan få sova. Men det är svårt att inte bli nervös när jag sitter där och väntar på klartecken. I början av Frankrike funderade jag om det var rätt av mig att söka och besluta sovplats natten/morgonen innan varje dag, men de funderingarna har jag inte längre. Nu gör jag så mycket jag kan, för att få en sovplats under tak överhuvudtaget.

Chateaudon - Vendôme

Dag 45, torsdagen den 26 oktober. Sol och vind. -47=~1603 <+47 47.800 +001 03.500>

Steg upp klockan sju och åt frukost. Packade och var med på halvnio mässan. Jag var inte ens trött, trots att jag inte gått och lagt mig förrän halvtio kvällen innan. För två veckor sedan skulle jag ha varit död, medan jag faktiskt är väldigt fräsch nu. Tänk så fantastiskt min kropp har vant sig vid detta livet!

...

Jag betalade för denna natt och tog in på ett slags vandrarhem. Jag skulle laga mat, äppelsoppa. Äpplena skalade jag i bitar, fast det konstiga vattnet kokade aldrig, för spisen fungerade inte. Tacka vet jag Sverige! Där finns kastruller och spisen fungerar alltid.

När jag gick och handlade här i Vendôme, skulle jag just gå över vägen. Då saktade en lastbil in och chauffören frågar mig något på franska. Jag svarade:

- No, French! Jag skakade på huvudet, för jag trodde att han frågade efter vägen. Han förstod, log, vinkade glatt och fortsatte. På andra sidan hade en kvinna sett situationen och blivit riktigt i djupet förgrymmad, för hon var övertygad om att han frågade mig om jag ville dela en het passionerad natt i lastbilen. Så vem hade rätt? Hon som kunde den lokala kulturen eller jag? En sak var då säker, att i svarta fjällrävenbyxor och svart jacka av samma märke, ser jag inte ut som en prostituerad precis. Det fantastiska är att historien inte slutar där. När jag handlat allt jag skulle ha, mötte jag honom igen. Han, chaffisen, blinkade som en tok med både ljusen och armen och ansiktet såg ut som ett gigantiskt flin.

I början hade jag svårt att hitta i mataffärer och tyckte det var jobbigt. Nu var det spännande, som att titta in i ett annat lands själ. Det lustiga var att jag började uppskatta den franska osten som vardagsmat och andra lokala specialiteter med.

Idag slog det mig vilken enorm skillnad det var på mig före och efter Ravenstein. Före ville jag bara komma fram, så jag cyklade längre än vad som var säkert. Jag var nära det mentala stup som varje ensamcyklist måste akta sig för. Stupet då psyket slår bakut av överansträngning och understimulering. Nu, efter Ravenstein, har jag mest haft roligt och njutit av tillvaron. Jag njuter av att sitta ensam på cykeln, se fåglar, djur och nya växter. Det känns härligt att känna min kropps och cykels följsamhet.

På tal om ingenting, har jag kommit på att det var ett fåtal människor som jag numera känner gemenskap med. Det är lastbilschaufförer och uteliggare. Vad vi har gemensamt är att vi är förtrogna med ensamhet och frånvaron av ett klassiskt hem. Det är också de och poliserna, som alltid utan undantag, har velat hjälpa mig och talat sanning när jag frågat.

Vendôme - Tours

Dag 46, fredagen den 27 oktober. Sol och vind. -68,5=~1671,5 <+47 23.500 +000 41.000>

Cirka halva vägen var avklarad. Tänk vad duktig jag varit! Tänk vad långt det är, och nu blir det bara mindre och mindre kvar för varje dag. En annan fantastisk sak är att jag nu har cyklat genom en av tre guideböcker.

Jag har kommit fram till vita benediktiner. Det är det första klostret, där jag har fått betala för att bo. Jag är inte imponerad. De har inskrivet i sin regel om gästfrihet, att de "bröt" mot kyrkotraditionen om de låta pilgrimer sova gratis eller som i Spanien till självkostnadspris. Men jag är i Frankrike, ett djupt sekulariserat land, där de har skapat sina egna värderingar. Det är väl inte så konstigt att klostren påverkades också.

I detta kloster lider också av nunnornas yrkessjukdom, d v s omständlighet och snirkligt tal. Jag frågade om kloster på väg söderut. Det tog säkert minst fyra minuter av snirkliga, självsmickrande haranger, för att till slut komma med ett reellt förslag på ett kloster. Jag blir så frustrerad över allt skitsnack om gästfrihet och hur fantastiska de är. Bullshit! Tänk att något så fint, tänkt och önskat som ett klosterliv, kan bli så tomt och ekande. Jag är djupt besviken!

Idag cyklade jag i en tät dimma. Det var vackert men fruktansvärt jobbigt att bara se några meter framför mig. Jag kunde inte heller höra så mycket som vägledning, för det var väldigt tyst.

Jag har fått bättre syn nu mera jag sett flera djur och fåglar. Listan är just nu uppe i fasaner, möss, rådjur, "vilda höns" o s v. Mina andra sinnen har också blivit extremt mycket bättre. Jag känner intensivt avgaserna från bilar den söta vidriga lukten eller människors stank av parfym eller svett. Hörseln kan uppfånga och urskilja minsta prassel. Smaken har blivit ren och skarp. Idag krockade jag med en flygande spindel. Det small väldigt högt för att vara en liten, stackars spindel. Kom på idag, att man brukar säga om asfalt, att det är så fascinerande att växter kan spränga den hårda asfalten. Men det är en blandning av tankefel och fel perspektiv. Det

51

är inte alls så att asfalten är hård, utan det är jorden under den, som är hård. Asfalten är seg, så det är bara att lyfta den och vips. Jag undrar hur mycket mer av fel perspektiv vi har. Tänk vad kul måste vara hör våra alla våra tankekrusiduller!

Tours - Chezelles

Dag 47, lördagen den 28 oktober. Sol och vind. ~55,5=~1727 <+47 03.400 +000 26.400>

Plötsligt befann jag mig i ett vinodlardistrikt Jag har inte, ärligt talat, tänkt på hur långt söderut jag kommit. Tänk, vad coolt, att jag har cyklat var eviga liten meter och har kommit så långt söderut att man odlade vin! Jag har sett dessa grottor, som man kan köra in i med bil. Grottorna man lagrar vinet i. Jag har sett de oändliga, små kullarna, där man på en sida har vinrankorna. Tänk att jag Ingela har cyklat så långt att bönderna odlade vin istället för raps. Jag blev glad i Tyskland när jag såg att bönderna odlade majs, men detta slår alla rekord.

Idag körde jag vilse tre gånger på dessa gytter av småvägar, så små att kartan inte är tydlig nog och två av dessa gånger var det samma dam som hjälpte mig till rätta. Hon talade en verkligt internationell, korrekt, brittisk engelska. Hon var nog finfolk, men hon får vara vem som helst, för jag är henne djupt tacksam.

Idag såg jag något jättehäftigt. Minst tre meter långa spindeltrådar kom flygandes i luften, utan vind, men med bara stilla drag. Cykeln, packningen och jag blev insnärjda i det. Häftigt! Jag har aldrig sett det förr. Det var fullständigt fantastiskt. Jag satte upp fingret i luften och det var bara en minimal vind. Tänk att vara så lätt att vinddraget lyfter och bär till nya marker! En tanke jag aldrig funderat över förut.

Folk måste vara rika här, för bilarna var stora och husen exklusiva. Helt slut kom jag till boendegemenskapen som de vita benediktinerna rekommenderade mig. Blev inbjuden till middag med en familj. Jag trodde att jag skulle äta i ett normalt sammanhang, men ack nej. Det var en släktmiddag för en 20-åring med minst 30 personer närvarande, varav fyra personer kunde eller ville prata engelska. Megakul! Det positiva var att det var första gången jag fick möjlighet att äta fransk gourmet-mat. Det var trevligt och allmänbildande, men mamma lagar godare mat. Jag fick också en presentation av människorna där. Speciellt uppehöll de sig vid en ingift man. Han hade gått på rätt skola, med rätt uppfostran. Han visste hur man skulle uppföra sig, som om det vore extra fint och åtråvärt. I mina ögon var det knappast åtråvärt, för han var en sprättig stropp. Men fransmän skriver sina egna regler och värderingar. Vid nio gav jag upp och gick och lade mig.

Dag 48, söndagen den 29 oktober.

Trött. Huvudvärk. Jag har haft en mus till sällskap i natt, men den lilla musen kom inte åt maten i alla fall.

De bjöd in mig till mässan, som jag, djupt tacksam, tog emot. 20-åringens mormor och morfar adopterade mig för en dag. Morfar kunde bra engelska så han agerade som tolk. Mormor, som inte kunde ett ord engelska, förbarmade sig över mig. Hon värmde mitt trötta hjärta, genom sin ordlösa omsorg om mig. Efter kyrkan fixade de så att jag kunde sova en natt till. En svårighet var att det var teleskugga, så det var ett elände att skicka mitt sms med sovkoordinater, men jag hittade till slut en plats där jag fick kontakt.

Jag såg ett TV program om gathundar. En fångare sa angående en speciell hund, som var listig och svårfångad, att den var "street smart", en överlevare. En hund som med livsviljans vishet kan särskilja mellan när oräddhetens djärvhet löser en situation eller varlig försiktighet räddar. Jag har lärt lite av den färdigheten, ibland djärvhet och ibland försiktighet. Allt för att hålla mig levandes och vid hälsa, vad som än händer.

Jag har funderat över alla dessa småflugor, som jag får i ögon och mun. Det har känts som om de leker japanska kamikazepiloter. Kanske är det så att jag har fel perspektiv. Kanske är det flugan som är den fredlige och flyger frejdigt med sina vänner. Plötsligt kommer ett gigantiskt monstrum från ingenstans. Den fredliga flugan fastnar i ett frätande saltbad och drunknar och går en fasansfull död tillmötes. Då är det väl ett litet bekymmer för mig, att det svider och irriterar i mitt öga.

Chezelles - Bonneuil Matours

Dag 49, måndagen den 30 oktober. Sol. ~50=~1777 <+46 40.800 +000 33.100>

53

Tänk, vad en enda människa kan förändra! I boendegemenskapen visade det sig att det fanns en som kunde bra engelska och han lyssnade och försökte hjälpa mig.

Frankrike har mer och mer blivit som något liknande en öken av ensamhet, språkförvirring, av kloster som inte känner varandra eller känns vid varandra och därigenom inte kan hjälpa mig för nästa natt. Helt andra värderingar råder, där gästfrihet, mänsklig värme och omsorg inte rådder. Men helt plötsligt sänds en människa som ger mig hopp och tillförsikt igen. Tack!

Idag såg jag en rödhake. Han satt helt apatiskt mitt på vägbanan och jag stod en halv meter ifrån. Ingen reaktion. Bilarna körde förbi väldigt nära och fartvinden tog tag i honom, men ingen reaktion. Under alla dessa dagar, av att köra förbi väglik, hade jag inte mött någon död rödhake. De är smarta och skygga. Jag fick känslan av att han sökte döden. Djur som är för sjuka för att leva, sökte ett rovdjur att dödas av. Jag stod där länge och funderade. Till sist beslöt jag mig för att respektera denna fågels vilja, såsom jag förstod den. Jag önskar att jag kunde göra fågeln frisk och fri igen, men jag kan inte. Jag vet inte heller var djurhjälpsorganisationer finns här. Det enda jag kan göra är att hoppas att jag förstod fågeln rätt och att han fick en snabb och smärtfri död. Det tog lång tid att komma över sorgen.

Jag har många dagar funderat över dessa miljontals privatskyltar som finns uppsatta. Hur kan en tänkande, intelligent och fungerande person, sätta upp en sådan? Såsom jag förstår innebörden av att äga, kan bara den som skapat, äga detsamma. Problemet är att ingen människa som jag känner kan skapa. Vad vi kan är att omforma en materia eller form till en annan. Bara Gud kan skapa från ingenting till någonting, men Gud sätter inte upp "privat- skyltar". Jag kan förstå att ordet "ägande" brukas i ett byråkratiskt system för det underlättar pappersvändandet, men byråkratin är inte en livsförklarande åskådning utan en tjänare med värde bara underordnat andra värden. Jag undrar hur många änglar som de missar besök av, för änglarna respekterar "privatskyltarna". Tänk i Sverige bryde jag mig inte om ägande, men här nere i Europa hade jag börjat fundera över ägande, efter murar, taggtrådar och skyltar. Är det då jag som svensk och van med allemansrätt eller främlingen/vandraren som reagerade? I början var det nog jag som svensk, men jag tror det är mer pilgrimen/

vandraren som funderar nu. Nu är jag främlingen på väg. Vägen och Vägens människor ger mig oftast vad jag behöver. Jag äger inget och ägs bara av Vägens ägare.

Bonneuil Matours- Ligugé

Dag 50, tisdagen den 31 oktober. Sol och vind. ~30=~1807 <+46 30.700 +000 19.500>

Semesterdag idag! Jag cyklade från klostret 10.30. I staden tappade jag Vägen i ett nergånget, riskabelt område. Som tur var hittade jag en som kunde och ville hjälpa mig. Hon hoppade in i bilen och jag cyklade hjärtat ur mig, för att hänga med.

Jag hittade mat för två dagar i en baguette-affär. En eländig helgdag, imorgon allt ska vara stängt. Jag hittade en trevlig polis som hjälpte mig vidare. Tänk att de dyker upp när jag behövde vägråd. Tack, alla poliser! Jag har blivit grundligt varnad för franska poliser, för att de slår först och frågade sedan, att det inte fungerade som ett service-yrke som i Sverige. Men alla jag har mött har varit jätte-schyssta och har velat hjälpa mig. Klockan tre kom jag till klostret i Liguge. Utanför stod två långcyklister; en man som mekade och en kvinna som satt och drack te. Vi började utbyta erfarenheter. De skulle cykla runt i hela världen. De hade börjat i Maastricht och de planerade att vara ute i fyra år eller tills pengarna tog slut. De var sköna och hade samma "lata" cykellevnadsfilosofi som jag. Det visade sig att vi hade till och med samma stopptid (klockan fyra). Mannen kunde franska och han hjälpte mig att fråga om sovplats i klostret, men det var fullt. Jag följde med dem istället. Vi hittade ett hus med en plan, där vi kunde sova. Deras tält och mitt vindskydd sattes upp. Jag blev lite stolt, för att jag fick beröm för min cykelvindskyddsuppfinning. De bjöd mig på magnifik kvällsmat och vi satt till klockan sju och snackade cykel, liv, människor och om resande i allmänhet.

Liguge – S:t Gourson

Dag 51, onsdagen den 1 november. Sol och vind. ~80=~1887 <+45 57.700 +000 19.500>

Vi gick upp klockan fem. Packade ihop och sedan åt vi en magnifik frukost gröt av müsli och yogert chaposhino med choklad smak . Klockan åtta bar det i väg. Till min sorg och saknad skildes vi åt klockan nio. Jag önskar dem allt gott, att de träffar rätt människor, att kroppar, cyklar och psyken är och förblir hela och att de ska finna sitt hjärtas väg.

Nu är ensamheten ett faktum igen. När jag fått gåvan till mänsklig gemenskap, bara för en tid, blir ensamheten tyngre att bära, men det är min lott. Frankrike är inget bra land att resa ensam i. Det är mera utsatt och vilset, att vara ensam här, än i de andra länderna jag cyklade igenom.

Klostret jag hittat på kartan var en abbé. Hela dagen hade jag bett om att det skulle vara ett riktigt och inte bara ett minne. När jag kom dit möttes jag av en gigantisk, magnifik ruin. Magplask, för det finns ingen sovplats under tak. Det är bara att fylla på vatten och söka en säker skog. Jag har sett jägare med hundar hela dagen, så det blev inte helt lätt. Jag hittade till sist en lämplig snårskog. Det är kallt, ruggigt och det får bli lite kall kvällsmat. Medcyklisterna, som jag mötte igår, tyckte det är riskabelt att sova i skogen. De ville, om möjligt, sova bland människor. Jag tycker det är mer riskabelt att sova ensam bland människor, än gömd i skog. Jag tror skillnaden mellan våra åsikter, var att de är två och har därför skydd av sin tvåsamhet och att de är en holländska och en fransk/amerikan och därför mer ovan vid skog (i Holland är skogen en favoritplats för mord, våldtäkt och droger). För mig är skogen en vänlig varelse, för när skogen väl accepterade mig, är det den och djuren som skyddar mig. När djuren varnade varandra för människorna, varnar de även mig. Farorna i en skog är för mig människor, kulor och hundar. För dessa företeelser har jag utvecklat något som liknar det vilda djurets avsky.

S:t Gourson - Montbron

Dag 52, torsdagen den 2 november. Sol och vind. ~52=~1939 <+45 40.000 +000 29.800>

Det var fruktansvärt kallt. Jag tog av mig mössan i natt, och nu hade jag huvudvärk. Det fick bli frukost utan kaffe. Suck! Jag hade en mus som sällskap i natt. Det var väl säkert för den lilla musen, för inga rovdjur ville väl komma i närheten av mig, även om jag sov.

Måste sova inne i natt för jag behöver duscha, äta ordentligt och tvätta. Det började bli för kallt att sova ute, annat än i yttersta undantag. Jag ville komma fram till Santiago i ett stycke och inte som ett vrak. Detta var bara början, för frostnätterna är på väg enligt meterologerna.

I första byn jag kom till, var det två ankor på rymmen, som ville tillbaka till flocken. Jag ville hjälpa dem tillbaka, men de ville inte ha hjälp. Jag gick till ägaren, som var inomhus och åt frukost och tecknade till frun som förstod. Vi startade ett samarbete för att få in dem. Det tog sin tid, men det gick. När hon slängde in dem, stod jag och pysslade vid cykeln, för att hon skulle få tid att komma på att bjuda mig på kaffe som tack. När hon kom tillbaka sa hon:

- Tack! Vad kallt det är i dag! Ja, det är kallt!

Snacka om att jag blev snopen, för i vilket annat land som helst skulle jag åtminstone ha fått en kopp kaffe. Här stod jag i kylan och såg på dröm-mens dignande frukostbord och dörren slogs igen. Är jag en blöt, lusig, varstinkande, fransk hund? Eller vad var det frågan om? Det var bara att sätta sig på cykeln och fortsätta den kala och kalla Vägen igen.

Jag har två adresser kvar. En i Montbron och en i Angoulême. Min för-hoppning var att bröderna till systrarna i förrgår kanske hade ringt och förvarnat. Det är bara att fortsätta och hoppas på förbarmande.

…

Jag kom till Mont-bron. Det var verkligen Mont, d v s berg. Staden låg uppklättrad på en sockertopp. Jag tog den sista klättringen av många, sök-te kyrkan, men hittade den inte. Jag kom till torget, utan kyrka och jag frågade en tjej efter klostret. När hon hörde min engelska svarade hon inte, utan pekade på den lokala puben. Mitt mod sjönk för mina tidiga-re erfarenheter av pub-människor hade visat att de inte alls ville hjälpa, utan bara sälja. Det satt ett gäng människor i solen och njöt utanför. Vid en av männens fötter vilade en katt. Jag for dit, räckte fram lappen och frågade. Jag fick svar på brittisk engelska, men jag var för trött för att bli förvånad eller tacksam. De blev intresserade och frågade ut mig. Varifrån? Vart? Ensam? Varför Montbron? Pilgrim? Både kattmannen och en brit-tisk dam sade att jag fick sova över hos dem. Mitt hjärta slets itu, för jag ville tacka ja. Om katten hade valt honom, var han en schysst människa och vad jag i kroppens och själens djup behövde var vänlighet, mat och sä-kerhet. Tyvärr behövde jag också fler klosteradresser för nu hade jag slut.

Resultatet var att jag skulle pröva hos klostret och om det inte gick skulle jag komma tillbaka. Jag skyndade mig fortare än fortast till klostret. Där fanns ingen, utan de skulle komma tillbaka först till kvällen. Jag skyndade mig tillbaka till puben. Jag var rädd för att de farit sin väg och att det skulle bli skogen en ensam natt till. Jag önskade i djupet av mitt hjärta att få uppleva mänskligt sällskap. De satt kvar, både kattmannen och damen. Tacksamheten spred sig i hela min kropp. Kattmannen frågade om jag ville ha något och han gick och hämtade kaffe. Händerna skakade på mig, så jag inte kunde hålla koppen ordentligt på ett långt tag. Vi satt och småpratade. Jag berättade om min resa i Frankrike. Det blev bestämt att jag skulle sova en natt på puben och sedan cykla nästa dag de 2,7 milen till damen, som förresten också cyklat till Santiago. Där skulle jag få tillfälle att äta, vila, tvätta och meka. Tänk, att jag satt här och fick möta människor och bli mött som människa. Det var mycket länge sedan.

Jag såg ut och kände mig som en tom, trasig fågelskämma, som inte ens skrämde fåglarna längre. Tänk att någon hörde mina trötta önskningar och att Tillvaron sände invandrare, när det inte fanns lokala människor. Jag är i djupet av mitt hjärta tacksam. Damen gav mig en vägbeskrivning till sitt hem och innan hon for, släppte hon ut sin hund, en bordercollie. Den var, för ovanlighetens skull, en lycklig, frisk, fransk hund.

Jag satt ute medan solen var uppe och sedan gick jag till mitt rum och duschade. Jag ligger på sängen, vilar och läser kartan. Jag har inte hittat ett enda Abbé. Klostret hade inte heller hittat något. Valet var antingen att betala för hotell eller att skicka ett sms till biskopen. Biskopen i sin tur kunde ringa till den lokale biskopen, som i sin tur kunde fixa fram klostersängar. Eller också fick jag ta tåget till Pyrenéerna, där härbärgena började. Alternativet var att cykla 4 - 5 dagar i sträck till staden Dax, där härbärgena började. Att sova i skogen gick inte längre. Det var ett genuint dåligt alternativ. Konsekvensen om jag fortsatte är troligtvis att jag skulle bli sjuk och det vill jag inte. Att betala för hotell blev för dyrt och det ville jag inte heller. Sms till biskopen då? Det vore som servering på silverfat och jag skulle då få se de tillgjorda vänligheternas ansikten, inte de sanna. Tåget, ja det var inget alternativ som jag längtade efter, men okej då!

Jag bor i ett gammalt hotell med breda, slitna golvplankor och högt i tak. Det är alldeles underbart stillsamt med en åldrande charm. Jag blev bjuden på vildsvinsgryta och ris. Pubägaren är dunderskön och har en verkligt skarp blick för människor och företeelser. Han har en mycket förvånande historia, men den är helt underbar. Han har inte varit en alltför vacker människa, men har förändrat sitt liv, försonat sig och byggt upp en ny tillvaro. För mig liknade han en äldste, ståendes i sin pub, tjänandes människor och djur, fransmän och immigranter. Han är som spindeln som bygger, vårdar sitt nät, spinner trådar som är elastiska men starkare än stål. Trådar som hjälper sina kunder. När jag kom och han såg min trötta, slitna varelse och mina skakande händer, beslöt han sig för att jag inte fick lämna hans Pub utan en säker säng. Vid och efter kvällsmaten berättade han sin berättelse och jag berättade min berättelse. En berättelse om kloster som inte fanns eller som inte kände till andra kloster. Präster som inte existerade eller inte ville bli inblandade. Vanliga människor som kände sin omgivning i bara 3 kilometers omkrets. De ville inte hjälpa, inte tala engelska trots att de kunde, och de definierade överdådig gästfrihet som var under existensminimum. Jag berättade också en berättelse om otrygghet, kalla, fuktiga skogar, torrt bröd, ensamhet, skällande hundar och misshandlade, lusiga hundar vid hus som såg ut som ruckel.

Som svar på min berättelse målade han en berättelse om Frankrike såsom han såg det. Via sin berättelse förklarade han alla dessa "opassande" små detaljer som jag sett under min cykling, men inte velat sätta tilltro till. En skrämmande tavla om ett av historiens stora länder som nu var ett folk utan fantasi, kreativitet och har blivit till förkrympta människospillror. Om politikens marionetter, medan staten regisserade. Ett land där makten fanns hos en klick affärsmän av rätt släkt, skola och militär. Hur de redigerade och regisserade strejker (fransmän älskar passionerat att strejka, men de behöver inte veta anledningen) för att hindra konstruktiva förslag. Hur fransmän uppfostrades till Pavlovs hundar, där staten stod för allt och för alla. Där kultur och tradition var fångvaktare och de få, små företagen var de som betalade för underhållet av staten. Han berättade om skolsystemet som från dag ett, undervisade i utantill lärande, istället för att tänka och undervisar i det föreskrivna sättet av kulturtradition och stat.

Än en gång blev jag tacksam över att vara svensk, för jag hade aldrig klarat av skolan. Jag som fortfarande inte kan alfabetet, för att ta ett av många exempel. För mig blev det klart att det inte blir bättre längre söderut. Fortsätter jag så här är det inte en resa utan ett långsamt sofistikerat självmord. Kalla nätter, lite mat, smutsiga kläder kan man stå ut med ett tag, men inte länge.

Montbron - Combas

Dag 53, fredagen den 3 november. Sol och vind. ~25=~1964 <+45 34.000 +000 38.200>

Dag 54 - 56 4-6 november

Sov som en liten gris. Vaknade och åt en fransk frukost. Packade lugnt och gav mig av.

Aldrig hittentills har en så kort bit känts så lång! Fy, vad jag var trött! Kroppen var stum och jag fick inget gensvar. Jag är trött ända in i själen, men nu fick jag äta, vila, tvätta, laga, bara vara och meka.

Huset, som kvinnan bor i, är ett franskt, uråldrigt bondhus i en liten by mitt ute på landet. Huset är i stort behov av renovering och är under reparation, men hon är en trädgårdsmänniska som inte vill vara inomhus mer än vad den absoluta nöden kräver. Näst intill allt grönt som hon åt under ett år, är ifrån den egna trädgården. De flesta av dagens timmar är hon i trädgården och rensade och byggde upp.

Hon är en pensionär som flyttat eller flytt från England, efter ett liv i något sorts socialt arbete. Hon är en jordnära kvinna med en stillsam kraft och vishet. Hon önskade liv på många sätt. Det levande är hennes passion och hon är full av omsorg.

Hon har berättat massor av dåraktiga, dråpliga, sanna historier ur sitt liv och om situationer som uppkom mellan fransmän och immigranter. Hon har målat en annan men ändå samma berättelse om Frankrike. Om bönder som aldrig lämnade sin gård och odlade alla grödor till sig själva och djuren. Hur de köper salt och kläder från en rullande affärsbuss och kanske besökte närmaste marknad ibland. De som stenhårt odlade efter månens cykler. Om kvinnas status som var lika hög eller låg som en kviga. Att hon som gift, inte kunde skriva under papper eller sådant. Om talesättet att hunden, hustrun och valnötsträdet blir bättre ju mer man slår dem. Om hur det skvallrades till staten bara för att sätta dit varandra och om de äldres seder och gästfrihet. Hon har berättat också om arvstvister, gräl, fina seder och fint språkbruk.

Hon har gett mig tips på hur jag skall veta vilka jag kunde fråga om hjälp, nämligen ett hus med två paraboler, bil med utländsk registreringsskylt och om en man och en hustru hjälptes åt i trädgården eller irländska och engelska pubar. Detta är signaler på invandrare från Holland eller England.

Jag stiger upp på morgonen och släpper in hunden från ladugården. Jag går ut med honom på promenad. Äter en riktig frukost med Wetabix, müsli med torkad frukt och nötter och färsk frukt och mjölk. Detta är en riktig, underbar frukost och ingen typisk fransk frukost, bestående av baguette och kaffe.

Ägnar dagen åt att tvätta, laga, meka, äta lunch, (bröd med fransk, god ost eller hemgjord marmelad och frukt), tvätta igen, laga, meka, äta kvällsmat (en riktig tillagad mat, rikligt och underbart gott), diska och se på en trevlig engelsk serie med en god engelsk öl i handen. Hur bra kan man ha det egentligen?

Hon har på ett speciellt sätt, skämt bort mig, kanske för att hon har erfarenheten från sin egen kropp, hur det kändes att cykla. Dessa dagar har gjort ett mindre mirakel för min kropp, till och med svampinfektionen i underlivet är borta. I alla fall för ett tag, men skönt är det.

Combas - Dax

Dag 57, tisdagen den 7 november. Sol. <+43 43.300 -001 03.200>

Kvinnan skjutsade mig till tåget. Hon berättade om meningen med pilgrimssnäckan. Traditionen är så här, att en f d Santiago-pilgrim skulle, som gengåva till S:t Jakob och Gud, hjälpa andra att nå fram. När jag protesterade och sa att det inte var särskilt sannolikt att jag i Sverige, skulle möta en Santiago-resenär, sa hon helt självklart:

– S:t Jakop ordnar det!

Där fick jag så jag teg. Hon fortsatte med att säga att S:t Jakob beskyddade sina pilgrimer och att det var därför jag hittade en irländsk pub med folk utanför. När jag tänkte efter så satte S:t Jacob den hemlösa katten vid pubägarens fötter. Utan katten skulle jag inte så snabbt ha litat på honom. Hon berättade hur extremt ovanligt det är att pubägaren kan sitta och njuta i solen och att hon endast var i Montbron en eftermiddag i veckan.

Hon varnade mig än en gång för tågkonduktörerna. Om de var på dåligt humör klagade och ställde de till med bekymmer för minsta lilla elektron på fel plats. Hon hjälpte mig ner och uppför trapporna och in i tåget, samt hjälpte mig att prata med konduktören.

61

Jag åkte tåget i lugn och ro, tills jag skulle byta.

Klev av tåget och gick nerför en trappa, uppför en annan trappa, sökte rätt perrong, men fann inget nummer på avgångstavlan. Suck! Jag frågade i informationen, fick inget svar från herr Snork om perrongnummer. Suck! Då fick jag vänta. Perrongens nummer visades endast 15 min före avgång. Jag hade 15 x 60 = 900 sekunder på mig att bära ner packning, ner med cykel, bära upp packning, upp med cykel, hitta cykelvagnen, upp med packning och upp med cykeln. Det är extremt lite tid för misstag, hjälp mig!

Där stod jag i en timme, nervöst väntande, för att få veta vilken perrong jag skulle ta. Jag bad om förbarmande och tittade längtansfullt på tåget på perrong nr 1 och drömde om att det kunde vara min perrong. 16 minuter var kvar och tavlan visade perrong nr 1. Tack, för barmhärtigheten! Hittade cykelvagnen, men den var endast för paketerade cyklar med lastyta 1,5 x 1+ höjd 2 m! Då surrade jag fast cykeln på bakhjulet, satte mig på packningen vid cykeln och väntade på konduktörens dom. Snälla, sätt barmhärtighet i deras hjärtan, snälla! Konduktören kom, klippte biljetten, muttrade något okänt och gick sin väg. Tack!

Så kom jag till Dax. Jag gick av tåget, tog min packning, köpte mat och bromsklossar. Sedan började jag söka härbärget. Det var stängt för säsongen, men jag fick sova ändå på logementet. När jag kom in på gården fick jag se ett vrak till man, innanför en öppen dörr.

Tanten låste upp granndörren och jag gick in. Jag kände genast lukten av gammal spya och jag såg att det inte var anmärkningsvärt välstädat. Bestämde mig att jag måste höja min personliga hygien till maxnivå. Tanten skulle ringa och fråga om nästa tänkta sovplats var öppen och återkomma senare. Jag packade upp, började med maten, medan en man, kanske en pilgrim kom in och började prata sludder franska. Jag förstod ingenting och han förstod ingenting. Jag kom fram till att antingen var han en urspårad alkoholist (jag tror han frågade efter vin, men å andra sidan var han fransman) eller annars hade han fått ett psykbryt modell grande. Han lyckades inte svara redigt på mina frågor och skrev värre än jag. Han kunde också ha fått salt- och vätskebrist. Av egen erfarenhet visste jag att man då såg ut och kände sig som ett psykfall. Av dessa alternativ vet jag inte vilket som var det rätta, men jag kunde heller inte ställa frågor för vi förstod ju inte varandra. Damen kom tillbaka med svaret att det tilltänkta sovklostret inte på några villkor tog emot några pilgrimer. Suck! Jag försökte förmedla till damen att mannen var sjuk och behövde vård eller tillsyn. Hon missförstod och bad mig låsa dörren och så gick hon.

Jag tycker illa om detta land och ju fortare jag kommer härifrån desto bättre. Efter vad jag sett är det ett mysterium hur man kan hitta på Frankrikes romantiska skimmer. Undrar om de människor som säjer så har varit i Frankrike?

I dag såg jag Berget för första gången. Alldeles magnifikt! Jag undrade om det skulle ta emot mig och hjälpa mig eller om det skulle motarbeta mig? Hittills hade alla långa klättringar hjälpt mig och det hade varit lätt som en vind att ta sig uppför. Jag undrar vad Berget kommer att besluta sig för denna gången? Så fort jag beslutat mig för Santiago, var det förvånansvärt många som frågade om Pyrenéerna och det är ju en etapp av vägen. En etapp man ska respektera. Man ska bara ta den om det var fint väder och om man hade en stabil kropp. Det berättades om hur munkarna, i gamla tider slog i klockorna vid dåligt väder, för att vilsekomna pilgrimer skulle hitta under tak. Det berättades om smygvägar för smuggling och annan ljusskygg verksamhet. Min cykelreparatör i Ravenstein berättade att om man klarade alla Frankrikes kullar, då var man härdad och då skulle man klara Berget också. Det fanns tre klassiska passager: kusten, S:t Jean de port - Roncevaux och en längre österut som också var högre belägen. Jag har valt mellanvägen för den har haft bäst rykte bland människor jag pratat seriöst med.

Dax - St Palais

Dag 58, onsdagen den 8 november. Sol och vind. -57,5=~2021,5 <+43 19.600 -001 01.400>

Det var stört omöjligt att hitta ett härbärge. Det finns tre på orten, men alla är stängda. Jag sökte upp ett "bed and breakfast", som hade specialpris för pilgrimer, rum med toa och dusch. Jag satte mig nedanför mitt fönster och kokade min mat på gasen. Jag kände mig som en bandit, men jag måste ju ha mat. Allt är förberett. Berget är magnifikt och jag känner mig kär i Berget.

S:t Palais – S:t Jean-Pied-de-Port

Dag 59, torsdagen den 9 november. Sol och vind. -32=~2053,5 <+43 09.800 -001 14.000> (+196m över havet)

Morgonen startade med huvudvärk. Jag sitter och väntade på att pilgrimsexpeditionen skulle öppna, för de har siesta. Jag har mött min andra eller tredje kollega, en tjej från Nya Zeeland. Jag mötte henne på vägen hit och jag har en förhoppning att vi skulle sova på samma ställe, för hon verkade trevlig.

Jag har sett Berget nästan hela dagen och jag förstummades av dess skönhet och majestät. Det är som Berget sagt till mig under dagen: - Ödmjuka dig och du kommer över!

...

Jag känner en djup glädje, samma stora glädje, som den dagen jag gav mig av. En tacksamhetens glädje. Expeditionen har gett mig passet, snäckan och väginformation. Gubben tyckte att jag skulle ta vandringsleden. Han värderade mig och cykeln med blicken och sa att jag skulle klara mig. Han gav mig sedan ett vitt papper med en karta på. Vandrarna gav han ett grönt papper med karta på.

Jag kom till härbärget och började med mina förberedelser. Det har innbart byte av bromsklossar, att gå igenom packning och förbereda maten inför morgondagen. Av kartan kan jag räkna ut att det är uppförsbacke i 2,5 mil. Innan det vänder nedåt, jag har fem kammar att ta mig över. Sedan är det en sluttning på 0,5 km höjdmeter som var 2 km lång, statistiskt sett. Jag är taggad inför morgondagen. Tanten är lite lustig, för om hon inte har någon att prata med pratade hon konstant, en högljudd monolog. Hon är också mycket pratsam och krävande med dem som kan franska. Jag är glad att jag inte kan franska vid detta tillfälle. En sak är i alla fall säker. Hon håller härbärget rent och det är verkligen skönt. Min kollega kom också till härberget. Jag ser samma fokusering i hennes ögon som jag känner i mina egna. Nu står vi inför provet. Nu skulle det visa sig vad vi går för. Det stora Berget som tornade upp sig mellan oss och Santiago ska vi ta oss över. I morgon gällde det, för kung och fosterland och allt jag tror och litar på.

Spanien

Härbärgena i Spanien är en mycket speciell företeelse. Generellt är det ett enda rum för alla män och kvinnor, snarkare och ickesnarkare. Det är en mix av människor från alla nationer och kulturer där. Är du en sällskaps-människa kan du verkligen njuta av det. Förbered dig på enkla förhållan-den och kalla duschar. Om det till äventyrs är bättre förhållanden, så ta det då, som en nådens gåva.

Det finns en vardaglig vana att se pilgrimer bland lokalbefolkningen - även farfars farfar såg pilgrimer gå förbi och det hade tillslut blivit en vana för människorna.

Spanjorer är hjälpsamma och inget verkar vara omöjligt för dem.

S:t Jean-Pied-de-Port – Roncevalles

Dag 60, fredagen den 10 november. Sol och bris. -27=~2080,5 <+43 00.500 -001 19.100="""> (+950m=meter över havet)

Jag åt frukost tidigt och lämnade härbärget i soluppgången, vid åtta. De första fem kilometerna var grymma, men så är det bara. Berget testade mig, och såg in i mitt hjärta och sinne, för att se om jag var värdig.

Det är rent otroligt vackert! Luften är totalt klar och jag ser verkligen långt. Mitt sällskap är får, hästar och dessa eländiga jägare. Tystnaden är ackompanjerad av tamdjurens bjällror, fåglarnas sång och Bergets djupa andetag. Jag följer ledens markeringar hela vägen ända tills jag uppmärksammade markeringarnas frånvaro. Oron stegrade sig mer och mer, ju längre jag cyklade. Jag stannade i en serpentinsväng och jag har aldrig tidigare känt mig så övergiven på denna resa, som när leden lämnade mig. Jag hade ingen hjälp av kartboken, kanske lite hjälp av kartpapperet, men det var inget annat att göra än att fortsätta. Jag kunde inte cykla till vänster eller till höger och att vända bakåt kändes inte heller bra, för då förlorade jag massor av höjdmeter. Det var bara, framåt marsch, som gällde. Låt mig hitta leden igen!

Befrielsen var total när jag kom på leden igen, för leden har blivit en kär vän och kompanjon.

Efter någon timme kändes det som Berget tog emot min gåva och då fanns absolut inga bekymmer mer. Kampen är över! Det är Berget själv som cyklar mig. Det blir bara för mig att följa med i Bergets rörelse. Berget har tagit emot min gåva, d v s min tid och den ynka kraft jag kan uppbringa i jämförelse med Bergets. Det är solklart för mig att språkbruket att bestiga eller besegra ett berg, är höjden av mänskligt högmod. Om Berget lyfter lilltån är det bara att vända, om man fortfarande kan.

Nu sitter jag här och klockan är tolv. 2 mil av 2,7 är avklarade. Men jag har 5 km kvar av uppförsbacke. Jag äter en macka, just där vägen lämnar leden och det blir nu en skoningslös, brant, stenig och eländig stig framför mig. Berget har gett mig vatten, så nu hade jag tre fulla flaskor igen. Det ser fruktansvärt svårt ut, men mannen har sagt att det ska gå, så det ska det gå och bli bättre efter bergskammen.

... ...

Nu har jag äntligen kommit levande till Roncevaux. De sista sju kilometrarna hade varit en mardröm. Absolut inget under mina 59 cykeldagar kunde ha förberett mig, för dessa sista kilometrar, men kanske var de 59 dagarnas övning och erfarenhet, som hade hållit mig vid liv den sista biten.

Det är inte jag som kan ta åt mig äran, för att ha kommit helskinnad ner. Nej, det är Gåvan till alla de som i tanken följt för mig denna dag och under denna resa.

Det blev inte bättre efter kammen (+1142). Upp till kammen, de sista 50 meterna, fick jag skjuta cykeln en meter i taget och varje meter var en enorm kraftansträngning. Jag kom över och då kom det en svag, liten sluttning, där jag kunde sitta på cykeln en stund. Men sedan var det, om möjligt, mer stenigt och eländigt. Jag kunde inte vila utan behövde fortfarande fullt fokus, för att inte ramla.

Till sist stretade jag mig fram till en bäck, där det fanns en rastplats. Jag satte mig där, utmattad ända in i själen. Jag åt en macka, inte av fri vilja, utan jag var tvungen att trycka i mig den. Jag gav mig en tjugo minuters kort återhämtning. Problemet som jag nu mötte var att vägen var så vandrad att den var i u-form och löven nådde upp till navet. Jag hade aldrig vari med om något liknande. Jag såg ingenting, vad som hände under däcken, förrän jag körde på något. På min vänstra sida hade jag en brant sluttning uppåt och på min högra sida en ännu brantare sluttning med rostig taggtråd som "skyddsräcke". Jag hissnade av stupet som öppnade sig på tok för nära min högra flank. Förbarma dig! Jag var så trött. Efter en stunds osäker cykling kom jag till en bergsväg, men var då så trött att jag inte orkade cykla i gruset. Jag gick uppåt istället och släpade med mig cykeln, uppåt, och uppåt till 1 409 m. Sedan skulle jag nedåt igen.

Då var det ibland brantare partier än 45¢ᵃ och stigen var urholkad och täckt med löv till navet. Jag var om möjligt ännu tröttare. Hela vägen ner visste jag att minsta missbedömning, i bästa fall, skulle leda till att en helikopter skulle hämta min döda kropp. I sämsta fall, att någon hittade mig levande och jag fick leva som kolli resten av mitt liv, mycket uppmuntrande!

Klockan tre kom jag slutligen fram. Då hade jag tagit mig sju kilometer - på tre timmar! Det första jag gjorde var, att på något ostadiga ben, köpa mig lite kaffe. Nu sitter jag och upplever det förunderliga. Jag lever fortfarande och i kväll ska jag äta ute med mina över-berget-kollegor. Jag ska fira tacksägelsemässa och sova.

…… ……

Klockan är halv åtta och jag ligger i sovsäcken. Nu börjar skräckens förlamande klor, släppa mitt sinne och min kropp. Jag har firat mässa och ätit. Det har visat sig att det eländiga arslet till gubbe gav mig visserligen rätt cykelkarta, men gav mig fel muntliga instruktioner och jag, som dyslektiker, följer alltid främst den muntiga informationen, alltså hade jag tagit fel väg! Jag hade hunnit 2,7 mil på åtta timmar och detta med livet som insats. Den rätta vägen har bestått av ungefär fem mil på en asfaltsväg.

Om några år blir det en rolig historia, men inte nu. En sak är säker, och det är att bara för att jag i början trodde på vad gubben sa till mig och sedan inte kunde annat än att fortsätta, har jag gjort något nästan omöjligt. Jag har fallit många, många, många gånger men har jag klarat mig. Varje gång jag hittentills kört vilse, har jag sett eller lära mig något. Vad ska jag lära denna gång? Hur storslagen en människa är, vad hon kan göra om hon tror eller måste? Jag är faktiskt kroppsligen helskinnad. Det är inte illa presterat av oss, Vägen och mig. Jag är tröttare än tröttast, mörare än en sönderdunkad filé och jag önskade i djupet av hela min varelse att jag aldrig, aldrig behöver vara med om något liknande.

Roncevaux - Arre

Dag 61, lördagen den 11 november. Sol och vind. -44,5=~2125 <+42 50.100 -001 36.200=""> (+429m)

Fruktansvärt trött och jag har huvudvärk. Idag ska jag bara sträva så långt från de ständigt pratande och snarkande spanska karlarna som jag kan, så att jag slipper sova på samma ställe som dem.

....

Efter bara en timma kom jag till en serpentinvägssluttning. Jag var så trött att jag bestämde mig för att spara på fart och bromsade lite. I en av svängarna var farten en aning för hög, så jag körde utanför asfalten. Lyckades hålla mig upprätt i gräset ett ögonblick, men sedan flög jag i en perfekt båge, ner i ett björnbärsnår, vilket räddade min nacke, men förstörde mitt ansikte och min kropp. Med livsviljans kraft slet jag mig därifrån. Cykeln var intrasslad, ansiktet blodigt och jag hade taggar över hela kroppen. Jag försökte tvätta av mig det värsta blodet och satte mig på asfalten för att fokusera. Chocken och rädslan rusade i blodet. Fortsatte till en pub, där jag tog en stor kopp kaffe och satt där tills kroppen lugnat sig. Här sitter jag nu och andas in livet, ett liv jag fortfarande har. Här i Spanien finns taggtråd överallt utom där jag ramlade. Tack! Jag sitter här vid en pub med mitt kaffe hela mitt inre skakar som ett asplöv av rädsla och trötthet. Kvinnan som sålde kaffet till mig såg mycket misstänksamt på mig jag undrar hur jag ser ut egentligen.

Under de senaste dagarna har jag funderat kring det skapade. Samma hand och vilja som skapat Allt, har skapat mig och alla oss människor, djuren, växterna och allt annat. Detta ger allt ett oskattbart värde, för allt är en del av skaparens tanke och handling. Respekterade jag inte någon del av det skapade: varken människor, mig själv eller andra, djur och växter, så respekterade jag inte i slutändan, skaparens handling och vilja heller. För det är på grund av dennes val, vi och allt annat finns till.

Jag försökte åka iväg, men jag är i en erbarmlig form. Jag känner bara att jag måste hinna så långt, så att inte spanjorerna han ifatt mig och jag fick dras med dem en natt till.

... ...

Jag är trött, har huvudvärk och ansiktet ser hemskt ut. Min franska dam kom fram till samma härbärge. Hon kan gå, hon. Det tog samma tid för oss att komma över Pyrenéerna, hon till fots och hade en underbar dag. Jag på cykel hade en hemsk dag. Hon sa inte så mycket, men vi har erfarenhetens gemenskap.

Här är också två tjejer från Tjeckien. En av dem sminkade sig. Vad är det frågan om? Förväntade hon sig att få träffa på någon prins? Hur mycket annat onödigt har hon i ryggsäcken tro? Eller är det bara så att jag inte förstår värdet av en sminkutrusning?

Jag har en rejäl baksmälla av all rädsla som jag har upplevt de senaste dagarna. Jag vill bara krypa upp i Tillvarons famn och få lov att försvinna från allt hemskt. Att få inandas lugnets andetag och att förnimma livets hjärtas slag. Ja, att min kropps kyla ska bytas mot kroppens stilla värme, så att jag kan få somna till livets viskande melodi.

Arre - Estella

Dag 62, söndagen den 12 november. Regn och vind. -52=~2177 <+42 40.100 -002 01.600="">

Sov bra, med BH, kalsonger och undertröja på, vilket dock inte är så skönt att vakna i.

Fy, vad jag är trött! Jag önskat en vilodag, men det blåster och regnar. Ansiktet gör ont, men svullnaden håller sakta på att gå ned. Musklerna i nacke och axlar är rent otroligt ömma.

...

När jag var vilse i staden Pamplona hittade jag två cykelkollegor på torget. De var till och med mera förvildade än jag är och jag misstänker att de har betydligt mer problem med polisen än vad jag någonsin hade haft. De är lite planlöst på väg till Marocko. Jag fick genast högstatus bara för att mitt ansikte är full av sår. Det är väl lustigt. Dessa pojkar, trots att de är jämnåriga, cyklade av sig rastlösa rotlöshet som driver dem omkring utan egentlig plan på Europas och Afrikas vägar. Efter denna resa bliv det nog utmärkta män av dem.

Kom till Estella klockan fem, checkade in, packade av, lagade mat, fixade lunchmackor, mekade, duschade och studerade inför morgondagens cykling till Lugos.

När jag duschade såg jag på min arma kropp. Axlarna ser ut som om jag har röda hund. Hela dagen har jag känt något konstigt, på höger ben, men har inte brytt mig om att kolla upp det. Det ser ut som om tio katter har klättrat uppför mitt ben.

Idag har både jag och cykeln kämpat som i sirap. Jag har frågat mig på allvar vad jag håller på med och varför. Jag har dock inte kommit på något bra svar. Vägen har de senaste dagarna tagit ifrån mig den yttre tillfredställelsen, frihetskänslna och glädjen och äventyrslusten som jag brukade ha. Kvar är bara förvissningen om att följa Vägen. Kvar har jag bara den torra pilgrimshedern, att var dag följa Vägen.

Estella - Logroño

Dag 63, måndagen den 13 november. Regn och vind -46=~2223 <+42 28.000 -002 26.600="">

Det fattas en skruv på min cykel, baktill där packningen fäster ramen. Jag märkte det när jag skulle fira att jag kommit fram tidigare och njuta av flodens vy. En himmelsk "tur" att det gick fortare idag, för nu hade jag tid att söka skruv. Det var bara att försöka hitta en cykelaffär. Jag kom till affären när den hade siesta och fick vänta i en timma.

Jag sitter här och har precis ätit och tagit tid till att skriva. En sak som jag märkt med spanjorer är att de parkerar mycket farligt, antingen över hela trottoaren eller över halva vägen. För mig innebär det att jag utsätter mig för större risker, när jag måste runda en bil som står mitt i vägen.

Idag har jag nog inte sagt mer än 40 ord och det gör mig inget. Jag har förändrats. Jag är inte som i Tyskland, när jag näst intill fick verbaldiarré, när jag kom fram på kvällen. Nu är jag fullt nöjd med att vara tyst precis hela tiden, utom när jag beställer kaffe eller checkade in på härbärgen.

Det var verkligen få kvinnor som jag ser längs vägen och de flesta män verkar göra pilgrimsfärden till ett manlighetsprov eller vadslagning. Ja, visst är jag lite elak men ibland blir det cirkus på härbärgena.

Det syntes att jag är på leden, för det är bra markerat. Jag såg också idag pilgrimsklotter under två broar och jag blev så lycklig och kände mig som bärare av en stolt och fin tradition till framtidens folk. Självklart satte jag en gren på pilgrimsträdet och skrev en hälsning. Många pilgrimer är otroligt konstnärliga, vilket jag ser på med nöje.

Jag börjar bli en riktig byracka, för både idag och igår ställde jag mig, mycket förväntansfullt i en dominans strid, mot de lokala hundarna. Jag anser mig som vinnare, båda gångerna.

Jag kör väldigt försiktigt på serpentinvägarna nu förtiden. Den andra sidan som är ny hos mig, är att jag har blivit skoningslös i stadstrafik. Precis som alla andra har jag tagit seden dit jag kommer. Klockan är över fyra och siestan har formellt slutat, men ingen människa synes till.

... ...

Nu har jag handlat, tvättat, ätit och reparatören har bjudit mig på en skruv. Det var schysst av honom och hanönskade mig Don Camino, vilket är det mycket vanliga sättet att önska någon lycka till på Vägen.

Jag har träffat den mystiske belgaren, som jag har hört talas om redan i Belgien. Den mannen har gått ända från sitt hem i Belgien. Han har startat ungefär vid samma tid från sitt hem som jag från mitt. Han är en gammal man och hans hår och skägg är kritvitt. Det kom fram att hans hustru dött. Jag frågade aldrig varför han startade sin vandring, för det är en sak mellan honom och Vägen. Han är en pilgrim som jag känner djup respekt inför och som jag är mycket tacksam och berörd av att få träffa. När jag tyst, stod och ordnade med min säng kom han fram till mig och frågade vart jag kom ifrån och så var samtalet i gång. Han visste precis som jag en hel del om Vägens vedermödor och svårigheter. Ibland är det så skönt att känna att någon vet vad jag försöker uttrycka. Han såg nog i mina ögon, långfärdstecknet, precis som jag såg det tecknet i hans. Hur

71

kan jag förklara detta tecken med ord? Kanske kan det förklaras, som en närvaro i nuet, i kroppen och i tanken. Denna närvaro kommer när man varit ute så länge att det som splittrar har förlorat som splittrande kraft. Detta tecken är närvaro mellan horisonterna och en mottaglighet för att förnimma all den information som naturen och omgivningen ger oss. Jag tror också tecknet är en seghet. Man gör vad man gör tills man är färdig och man känner vad man känner, tills man känt det färdigt. Detta är som om Djup ropar till Djup.

Logrono - Santo Domingo de la Calzada

Dag 64, tisdagen den 14 november. Regn och vind. -57=~2280 <+42 26.400 -002 57.100="">

I morse höll öronen på att ruttna eller åtminstone ramla av. Belgaren frågade hur det var och jag svarade att jag var less. Jag ville bara komma fram, så att jag kunde få fara hem. Döm om min avgrundsdjupa förvåning när en av de andra på härbärget blandade sig i vårt samtal. Kvinnan avbröt belgaren och sa: -Så har jag också känt och det går över.

Belgaren frågade hur länge hon varit ute och gått. - I fyra dagar.

Hon gick "på hajk" för första gången i sitt liv och var ute på sin fjärde dag. Hon trodde att hon kunde veta bättre om Vägens vedermödor och tidens envisa slitage, än belgaren eller mig! Efter bara fyra dagar! Snacka om plattare än platt fall. Jag kände mig så förnedrad. Men kanske var det inte jag som skulle känna mig förnedrad, utan hon? Antingen hade hon 94 kg lösa skruvar eller så är hon en lärare som tror att hon kan lära alla, det hon just råkade veta. Jag fann inget att säga utan fortsatte att packa. Världen var full av folk som snackade mer skit än det som produceras av alla afrikanska gnuer.

Tio minuter senare, när jag packade på cykeln, kom det en spansk gubbe, som sa att jag hade för tung cykel. Jag svarade att jag cyklat från Sverige över Pyrenéerna. Då höll han tyst. Jag var så trött på dessa besserwissergubbar, som tror sig veta så mycket.

Jag är trött på nomadlivet nu och jag vill hem och bli bonsai-odlare. Men än är jag inte framme. Jag måste av kärlek och lydnad följa Vägen och hålla min pilgrimsheder ren.

… …

Jag stod och åt lunch på en bro på vägen N120, då jag plötsligt såg det. En svensk lastbil! Ja, just en svensk! Jag har inte sett något svenskt, sedan fallet i Tyskland Jag blev så lycklig. Tänk att det finns svenskar! Sedan kom en till och han såg mig och hejade. Jag har träffat en svensk. Tack, nu kan jag fortsätta!

Idag såg jag min andra fåraherde på resan. Jag blev så glad. Han visslade på fåren. Han hade två hundar, en bordercollie och en tusenkorsning, som liknade en fläckig hyena i pälsen. De gick mest omkring och luktade. Hundarna såg ut som hej-kom-och-hjälp-mig i pälsen. De hade nog inte fått pälsvård, sedan deras mamman slickade dem rena. Hundarna och fåren var vid gott humör.

Någon påvisade för mig att allt viktigt i Bibeln hände först nomaderna, exempelvis herdarna, sedan de bofasta och stadsbefolkningen. Undrar varför? Kan det vara så att när man lever ett liv som detta är man mera beroende av Tillvaron, medan de bofasta har en mängd av redskap, skydd och blir därigenom mindre beroende.

I morse när jag skulle fråga om vägråd blev sovsäcken anfallen av en hund med noskoppel. Kvinnan var en otroligt nervös typ, så inte undra på att hunden anföll. Noskoppel är verkligen en vidrig uppfinning. Vad utsätter vi människor, vår omgivning för egentligen?

Jag träffade tre intressanta engelsktalande personer på samma härbärge. Den gamle var en fransman som förra året gick sträckan, Lupie – S:t. Jean Port, och detta år till Santiago. Han är lite avig, nu och då, men han är okej. Sprätten är också fransk. Han sade sig ha cyklat och gått sedan 70-talet. Efter fyra minuters bekantskap, försökte han provocera mig. Japanen bor och jobbar i Kanada och jag tror han är affärsman.

Santo Domingo de la Calzada - Villafranca Montes de Oca

Dag 65, onsdagen den 15 november. Regn och vind. -45=~2325 <+42 23.300 -003 18.500="">

I natt lyssnade jag till en snarkande spanjor. Han höll flera vakna, även den gamle fransmannen och japanen. Jag hittade sedan den gamle fransmannen och den franske sprätten vandrandes på N120(en mycket hårt trafikerat väg). De var två, totalt vilsna pilgrimer. Jag såg till att de såg mig och visade dem på den rätta Vägen. Den gamle var så trött att han gick förbi mig utan att säga flaskhals. Sprätten stannade och pratade och gav mig karttips. Jag for vidare för att se till den gamle. Han var som en zombie. Vi kom överens att söka efter en pub för en kopp välgörande kaffe. Sprätten kom medan vi sökte och sen kom japanen också. Där satt vi vid en dubbel espresso och muttrade eder och fasa över snarkare. Den gamle verkade få tillbaka livsgnistan så jag for vidare.

Idag såg jag något magiskt vackert. Det var sju rovfåglar, som satt i ett träd och sedan kom ytterligare en till. De sju anföll den ende, som tappade något och flydde. De sju tog fallgodset och återvände till trädet.

Jag hade tre cykelkollegor sovandes på samma härbärge som jag. Nu har jag räknat ut varför jag inte uppskattade cykelkollegor så mycket. De flesta är testosteronstinna tävlingscyklister som ser cyklingen som ett lopp. Det gällde att komma längst på kortast tid. Deras filosofi är grundad på siffermani. Min filosofi är att följa Vägen dit den leder mig och så länge den leder mig. Denna livssyn kan upplevas, av siffermanins efterföljare, som den odrägliga slapphetens och njutningens slöseri. Men vad spelade det för roll? Jag trivs. Tänk att i Tyskland, hade jag samma sjukdom! Då startade jag tävling med pensionärsgruppen. Jag har lärt mig en del sedan dess.

Klockan är två och jag har beslutat mig för att ta semester resten av dagen, så att jag kommer att vara fräsch imorgon. Jag tror att jag är på säkert avstånd från snarkaren denna natt.

...

Mina kollegor har kommit till samma härbärge som jag. När Sprätten pratade med värden, skyllde han ett trasigt dörrhandtag på de föregående pilgrimerna, vilket inte gick. Damen här har stenkoll och hon blev avgrundsvred, så han befann sig på djupa vatten utan flytväst. När jag förstod vad han höll på med, kunde jag inte annat än att ha väldigt roligt åt honom. Japanen lyckades med konststycket att få veta skillnaden mellan brie och camembert och det tog säkert fem minuter, innan fransmännen slingrat sig färdigt. Snacka om att jag hade roligt!

Jag har äntligen förstått varför jag blir så irriterad på dem som säger att cykeln är för tung. Cykeln och packning är inte en cykel och en packning, utan det är en förlängning av min kropp. Jag reflekterar inte över att min kropp är tung, så varför ska jag fundera över min cykels tyngd? Var det

inte gubben Paulus sa om äktenskapet. Du cykel, lyd din förare! Du föra-
re, älska och vårda din cykel, mer än din kropp! Var huvud för er båda,
liksom Jesus är huvud för er båda och älskar och vårdar er! Det låter lite
extremt, men det är så jag känner det. Men nu är vår relation offentlig:
Ja jag vill älska min cykel i nöd och lust! Nu måste jag bara hitta en präst
som kan viga oss!

Sedan jag kommit till Spanien, hade jag egentligen inte haft några pro-
blem med hundar. Jag har varnats för de spanska hundarna, men de är ju
fria och behöver då inte vara aggressiva. Jag har också ändrat attityd, för
jag är inte rädd längre. Jag ser fram emot både deras vänskap och deras
fiendskap. Jag har också ändrat på det sätt jag kom in i deras revir. Nu kör
jag sakta, så de hinner värdera efter mig i lugn och ro, innan vi möttes.

Villafranca Montes de Oca - Tardajos

Dag 66, torsdagen den 16 november. Regn och vind. -47=~2372 <+42
20.800 -003 49.000="">

Det har regnat och blåst fruktansvärt i dag. Dropparna har känts som
glaskross mot min exponerade hud. Jag har slitit arslet av mig. Chockvin-
den från lastbilarna har varit vidrig och den har nästan fått mig i asfalten
vissa gånger. Handskar och skor har blivit vattenfyllda pooler och jag är
djupt tacksam att jag har sockor av ull, för annars har jag frusit.

Jag undrar verkligen om: "Må vinden komma dig till mötes" är en bra
sång för pilgrimer på cykel. Sann har den blivit, i alla fall. Jag har haft
medvind en dag under resan och vindstilla i två dagar, sedan Vadstena.
Resten av dagarna har bjudit på motvind.

I Burgos hittade jag en cykelreparatör, som bytte däck, till ett mönster
som passade för både lera och asfalt. Det gick snabbt. Problemet var att
trampnavet, cykelns hjärta, höll på att gå sönder, så det var bara att byta
det också. Otroligt dyrt! Det skulle kunna bli allvarliga skador och fall,
om det gick sönder under färden. Livet beskyddar för dolda fel, men inte
för slarv. Det var bara att betala och se glad ut. Mekanikern frågade om
jag var knäpp som cyklade i detta väder och jag kunde inte annat än hålla
med om att det var knäppvarning, att utsätta mig för allt detta av fri vilja.
Allt för att nå fram till Santiagos kyrkklockor som klingar mitt namn!

När jag cyklade vidare från Burgos, fick jag genast användning för däcken. Jag cyklade inte, utan jag agerade jordfräs, jag slet som en hund. Kom fram till härbärget till helt slut och det var tomt och kallt. Jag var genomblöt och frusen, men tog hand om cykelns behov av rengörning och olja före mina egna behov av värme och mat. Till slut har jag fått lov att bry mig om mig själv.

…

Nu i kväll kom en spanjor och han är riktigt trevlig. Han är en av de få som jag träffat, som jag kunnat prata och byta erfarenheter med. När jag nu pratat med honom, kom jag på hur mycket jag saknat just detta att samtala.

Tardajos - Castrojeriz

Dag 67, fredagen den 17 november. Regn och vind. -31=~2403 <+42 17.300 -004 08.100="">

I morse tog vi en kaffekopp ihop, min spanjor och jag. Sedan gick han sin väg och jag cyklade iväg. Hjärtat slets sönder. För honom är jag och vad jag gör, inget hot mot hans manlighet, utan istället en uppmuntran. Jag vet inte vad han heter och inte vad han jobbar med. Vad jag upptäckt är att vad han än gör är han mycket skicklig. Han är en mycket kompetent person. Han är ingen högljudd person, men verkligen uppmärksam. Han är en cykeltok och -nörd, precis som jag.

I dag var det eländigt. I och med att det regnat så många dagar, hade vägen blivit extremt dålig. Nu var det så igen, som att jag inte cyklade, utan att jag istället ägnade mig åt markberedning istället. Var hundrade meter måste jag rensa däck och gafflar ifrån sörjan som satte sig som cement. Vinden var extrem och stark, precis rakt emot mig.

Jag drömde om en stor kaffekopp och att komma fram till nästa ort. När jag kom fram, kändes det som om avgrundens djup svalde mig. De enda levande som fanns där, var duvor och hundar. Inget kaffe, så långt ögat kunde nå. Vinterstängt. Förbarma dig! Cykelns växel hade gett upp och ettan var lika försvunnen, som människorna ur husen. Efter en kvart av förtvivlan, med fruktlösa försök att laga växeln, kom min spanjor. Han hade också slitit och längtat efter lunch.

Han berättade att jag behövde byta vajer och det var överkomligt, för jag har reservvajer i packningen. Vi hittade ett "kommunalt" härbärge med en kaffeapparat. Vi skramlade ihop de småmynt ur fickorna som krävdes och drack upp vårt kaffe. Vår förtvivlan försvann. Vi fortsatte, men bestämde att vi skulle sova på samma härbärge.

Jag kom till härbärget, packade in och satte mig i snålblåsten och försökte förstå hur man byter växelvajer. Jag kom halvvägs, sedan kom min spanjor fram till härbärget och hjälpte mig. Jag har blivit fäst vid honom. Hjärtat slog ett extra slag av tacksamhet, när jag såg honom komma. Idag har det varit en sådan skitdag för oss båda, så vi åt på en lokal pub för att återställa krafterna.

Castrojeriz - Carrion de los Condes

Dag 68, lördagen den 18 november. Regn och vind. -46=~2449 <+42 20.200 -004 35.900="">

Idag har jag sett mitt första vilda vildsvin. Det är ett magnifikt djur. Om vildsvinet inte hade sprungit ifrån mig, skulle jag inte ha sett det.

Det svåra med pilgrimslivet är att när man hittar människor att dela livets kluriga sidor med, får man sova en natt på samma härbärge, tacka och sedan cykla vidare, trots att det splittrar hjärtat.

Härbärget hade siesta när jag kom. När jag till sist fick komma in, började jag genast med att fixa mat. Då kom han, min spanjor. Om hjärtat splittras när vi skildes, så blev det desto större, när vi mötts. Idag har han gått, som en häst, trots sitt skavsår! Ännu en natt blir det, på samma härbärge. Tack!

Min spanjor är en lustig en. Vi har mycket att prata om, men vi kan också dela tystnaden ihop. Jag har lagt märke till att jag helt slutat att fråga efter namn. Det räcker med nationalitet. Samtalet brukar bli verkligt bra, för då, på något sätt, räcker det att vi är pilgrimer och via namnlösheten finns ett skydd. Vi kan tänka, känna och vara hur privata som helst, för ingen kan söka upp den andre senare i vardagen.

Carrion de los Condes - Sahagún

Dag 69, söndagen den 19 november. Regn och vind. -39=~2488 <+42 22.200 -005 01.600="">

Regn och åter regn. Cykeln, som liknade ett potatisland utan potatis, blev i alla fall ren nu. Jag undrar om änglarna tyckte att jag såg för smutsig ut. Mina handskar och skor blev som bassänger. Baknavet började att vibrera. Ha, ha, det är megakul! Det är söndag och allt är stängt. Vinden gjorde sitt bästa för att slita mig av vägen. Det är jättekallt. Jag hade konstant rånarluvan på och kapuschongen uppfälld. I mina ögon såg jag kriminell ut, men det var flera som hade rånarluva, så man kan visst se ut så här.

Vi, jag och min trevlige spanjor, låg i var sin säng, mera döda än levande, efter en svår och skoningslös dag. Vi ska fira att vi trots allt fortfarande lever och äta ute i dag. Det är lustigt att jag känner en så djup kärlek till denna människa. Kärleken är inte den kärlek som man hyser till en varande eller blivande livskamrat. Inte heller kärleken till en fadersgestalt, utan vi är varandras jämlikar. Det kan nog liknas vid en intensiv tacksamhet till Vägen och varandra, att vi finns på samma plats, vid samma tid, för att dela glädje och svårigheter. Vi båda vet att det är en kortvarig gåva och vi njuter av varje ögonblick av tiden.

Sahagún - Mansilla de las Mulas

Dag 70, måndagen den 20 november. Regn och vind. -36=~2524 <+42 29.900 -005 25.000="">

Vi fick en frukost ihop. Tänk vad skönt! Inte nog med att baknavet gör mig nervös, utan när jag hade packat cykeln idag, fick jag också se att jag hade punka. Jag packade av och gick med min spanjor på turisttur.

Han gick iväg, medan jag tog en kaffe och gick till mekanikern, som skulle öppna klockan tio. Kassörskan öppnade i själva verket tjugo över tio. Reparatören hade inte kommit då heller, så jag fick låna verkstaden med verktyg. När jag stod där och fixade kom en gammal man och tittade på mig med fundersam blick. Han kom och hjälpte mig med attityden "denna-kvinnliga-pilgrim-kan-inte-laga-en-punka-själv". Men visst kan jag det! Den gamle mannen och jag blev ett bra team. Jag kan ingen spanska och han kunde ingen engelska, men vi lagade min cykel tillsammans i varje fall. Han kom med värdefulla tips. Jag tror att han tillsist, blev verkligt stolt över den-kvinnliga-pilgrimen-som-kunde-laga-en-punka.

När jag kom tillbaka till härbärget och stod ute och packade cykeln, kom värden ut med sopkvasten och sopade ut något som snurrade. När hon gick in, gick jag fram och tittade. Det var en mus och den levde. Musen låg som en hög på trottoaren, men jag gav honom en bit av mitt lunchbröd om han vaknar till liv. Vad gör vi mot vår omgivning! Det tog lång tid innan jag sörjt musen och människans beteende färdigt.

Nu är det motvind, en extremt stark motvind. Jag var t o m tvungen att trampa i nerförsbackarna. Snacka om frustrerande! Jag slet, men vinden ska inte få segra över mig och jag ska inte ge upp. Träffade på min spanjor. Han hade svårt att gå i morse, för han ville hjälpa mig som tolk. Jag är djupt tacksam att han gick, för vinden har varit lika hård mot honom som mot mig. Vi hejade och sedan cyklade jag vidare. När man kämpar mot vinden, kämpar man bäst ensam. När det blåser så här kändes det som om hjärnan, tarmarna och alla andra organ försvinner ur kroppen och kvar blir bara ett tomrum. All exponerad hud, blir så kall att den fryser och stelnar till i sin form. Sinnet förvandlas till en seg och fantasilös strävan.

När jag kom till nästa ort, var det som om ljudet stängdes av. Jag tappade nästan balansen, i frånvaron av vind.

Jag kom till härbärget. Det är fullt av blommor och hemkänsla. Värden är en gammal man som behandlade pilgrimer som blommor och blommor som pilgrimer. Han såg på mig med barmhärtighet och gav mig en godis "som doping". Han berättade var cykelreparatören finns och jag gick dit. Ingen förstod engelska, men det var okej att komma med cykeln.

När min spanjor väl hade kommit fram till härbärget, var han som död, men ville i alla fall följa med som tolk. Resultatet blev att mekanikern kom fram till att drevet inne i navet höll på att gå sönder, men det kunde inte leda till någon olycka. Ingen kunde veta när sista sucken kom för navet. Vid ett byte, är jag tvungen att byta hela däcket, till ett sämre. Jag beslöt mig för att hoppas på nåd. Jag ska rensa bort varje gram, som jag inte äter upp på morgonen.

Mansilla de las Mulas - San Martino del Camino

Dag 71, tisdagen den 21 november. Regn, vind och sol. -47=~2571 <+42 29.700 -005 48.300="">

Nu lämnade jag min spanjor för sista gången. Han ska gå till Leon och vila där, för hans skavsår är mycket smärtsamma. Jag ska vidare. Ja, jag ska cykla tills jag inte orkade trampa längre. Jag vill komma fram, så jag kan få resa hem. Jag vill nu avsluta detta vanvett. Jag är helt enkelt less! Jag är djupt tacksam att jag har haft sällskap av spanjoren, annars har jag haft ännu svårare att klara mig igenom cykelstrulet och lerans kladd. Vi har kunnat dela vindens börda, regnets tyranni, vägens prövning, erfarenheten och tystnaden. Nu är jag ensam igen, svider ensamheten i min arma själ.

Vägen, som tidigare ledde oss båda tillsammans, hade nu skilt oss. Vi kan inte längre se fram emot kvällen, då vi brukade dela med oss av vår dag. Vi visste då att den andre förstod känslan bakom orden. Nu får jag ta upp oket igen, fästa mina ögon på den som går framför mig och inte låta mig nedslås av vinden och regnet. Jag får lyssna efter rösten som berättar den eviga historien och jag får inte låta mig nedslås av vindens ylanden eller trafikens vanvett. Jag måste fortsätta att gå vidare på Vägen, trots ensamheten.

Jag ska komma fram till Santiago inom några dagar. Då ska ett kapitel i Vägens bok vara avslutat. Jag har cyklat några mil, men Vägen tar inte slut, utan den fortsätter, och jag med den. Resten av livet börjar här. Jag vill följa rösten, som talar till mig och som ledder mig på en Väg, som jag aldrig trodde att jag skulle gå. Jag vill följa rösten som har kallat mig ut, från massans skydd, till Vägens slit och mening. Hjälp mig! Hjälp mig komma fram till Santiagos klockor, som klingar, mitt namn!

Jag har undrat vad Vägen är, vad den innersta naturen av pilgrimsvandringen till Santiago är. Äntligen har jag förstått. Jag hörde en gång en betraktelse om Livets komposthög. Hur Livet tar våra, sår och annat skräp och komposterar det. Det bryts ned till den finaste jord som frön och växter kan få. Det är det Vägen är! Det är en gigantisk kompost, där vårt gamla liv förvandlas, till den finaste jord för framtiden. Santiago de Compostella! Sankt Jakob, den som Composterar.

San Martino del Camino - Rabanal del Camino

Dag 72, onsdagen den 22 november. Regn och vind. -46=~2617 <+42 28.800 -006 17.000="">

I natt sov jag på ett ytterst dåligt härbärge. Kvinnan som ägde det, har det enbart för att tjäna pengar. Hon tvingade mig att ta ett tvåbäddsrum, för att de kostar mer.

En sak är i alla fall bra. Jag frös inte i min sovsäck och min dubbla filt.

Idag har jag träffat österrikaren igen, han som var min över-berget-kollega. Han hade tagit bussen och nu är vi på samma härbärge igen. Han är en lustig en, för varje gång jag ser honom, är han omgiven av dyrkande tjejer, som lyssnar till vart ord som kommer ur hans mun.

Idag har vinden tvingat ner mig i diket. Vinden slet tag i mig och flyttade mig, helt sonika, till diket. Det har aldrig hänt förut. I och med att vinden kom framifrån, hörde jag inga bilar förrän de syntes i ögonvrån, men jag är ju i bergen, så det är inte så många bilar, som tur är. I början av min resa blev jag vred, ända in i djupet av min varelse, men det blir jag inte längre. Jag kan känna mig road, frustrerad och trotsig, men inte ilsken.

I dag mötte jag två hundar. Först, såg jag en gul tik med diande ungar. Jag frågade om hon ville bli min vän. Tiken var rädd, men jag gav henne det jag hade kvar av dagens kött, vilket hon åt med glädje. Tio minuter senare, träffade jag en liten hanhund. Han frös fruktansvärt. Jag ställde cykeln, satte mig i hyfsat lä och hunden hoppade upp i knäet. Efter en stund slutade han skaka. När jag satt där, såg jag min tredje herde under resan, men han såg inte mig. Han sparkade mot fåren och mot sin hund. Han hade också många halta får. Jag blev inte lika glad att se honom, som över de tidigare herdarna jag sett. Hunden hade inte tid längre att sitta hos mig, utan ville springa och busa med vallhunden. Jag fortsatte min färd och kom till ett mycket trevligt och varmt härbärge. Jag har också sett en mycket vacker räv på vägen hit.

Rabanal del Camino - Ponferrada

Dag 73, torsdagen den 23 november. Regn och vind. -31,5=~2648,5 <+42 32.500 -006 35.300=""> (+538m)

Idag har jag fullföljt en pilgrimstradition. Jag har lämnat stenarna som jag haft med mig, ända från Vadstena, vid platsen Cruz de Ferro (+1510m). De två stenarna var utvalda av min kompis i Vadstena och jag hade burit dem hela vägen hit. Det är ett medvetet beslut att inte välja dem själv, för vi människor är inte själva, utan vi är gåvor till varandra. Vi har inte skapat vår person själv, utan den är skapad i samspelet med andra. Detta gällde inte bara stenarna, utan detta gällde också resten av min packning. Cykeln valde jag, med hjälp av en gammal klasskompis, väskorna var en gåva från Ravenstein, GPSen är från min familj och så skulle jag kunna fortsätta att räkna upp. Det har blivit mycket klart för mig, att jag inte gör detta ensam, utan jag har klarat av det i gemenskap med alla andra. Jag lämnade också cykelns hjärta, den som jag bytte i Burgos. Trampnavet är från oss, mig och cykeln.

I morse trodde jag inte mina sinnen, för det varken regnade eller blåste. Jag behövde inte oroa mig, för det började efter en halvtimme.

En av mina kollegor på härbärget sa att jag såg mycket trött och sliten ut. Jag har funderat över vad hon menade. Vid utbildningen var det en föreläsning om döendets psykologi. Hur döende kan stänga av de flesta relationer innan döden. Jag tror att något liknande har hänt mig. Jag är inte döende men jag har slutat att söka relationer, såvida de inte söker mig. Jag gör vad jag ska göra, går och lägger mig och far vidare nästa morgon. Jag tror inte detta är något destruktivt, utan snarare ett sätt för mig att spara på mitt begränsade energiförråd.

Jag kom till Ponferrada klockan två och hittade härbärget. Det öppnade klockan halv fyra. Det såg otroligt trevligt ut, men jag bestämde att jag skulle ta mig ytterligare en mil. Jag kom till ett torg, där det låg en ute-butik, med alla de bra märkena representerade. Siesta. Typiskt! Jag tog mig till en pub för att få mig en kopp kaffe. Det fick vara nog för idag. Det är bättre att jag sparar på krafterna till morgondagen.

Pilgrimer lever vist böner. Kaffebönor när det känns som man är villrådig och trött. Guds böner när man är i svårighet och tacksamhet och kakaobönor när dagens slit ännu inte har förvandlats till nattens vila.

Idag befann jag mig på högre höjd än Pyrenéerna. När jag stod och tittade ner på staden, kände jag på ett verkligt starkt sätt av Berget. Bergets närvaro var betydligt starkare och verkligare än stadens verklighet vid mina fötter. Jag är tacksam att berget berättade om sin verklighet för mig.

...

När jag kom fram till härbärget och jag var fortfarande blöt. Händerna värkte efter att bromsat som en tok hela dagen.

Tvättade, åt, gick och lade mig och vilade men somnade strax in. Jag har nu förberett allt för morgondagen så jag får somna på riktigt.

Ponferrada - O Cebreiro

Dag 74, fredagen den 24 november. Regn och vind. -61=~2709,5 <+42
42.400 -007 02.700=""> (+1300m)

Trött. Det känds som det aldrig ska ta slut. Jag tänker ofta på kartan i GPS:en som visade hur långt jag cyklat. Nu har jag så lite kvar av sträckan och jag har cyklat en så lång sträcka.

Jag måste numera vara otroligt försiktig med vad jag tänker. Jag ser ofta på kartan och intalade mig att jag kommer att klara mig, ja, jag kommer att klara det.

Om jag hade vetat hur långt det var, innan jag for, skulle jag då ha gjort resan? Ibland är det otroligt olika definitioner, vad som egentligen är långt. I Frankrike frågade jag en gång hur jag skulle komma till ett kloster. Bonden som svarade mig tappade hakan, när han förstod att jag skulle cykla de fyra kilometrarna dit. Det var jättelångt, tyckte han. Då blev jag tyst, för jag hade ingen aning om hur jag skulle svara honom. Jag har cyklat från Sverige och är på väg till Santiago de Compostella. Fyra kilometer? Är det långt? Det är inte första eller sista gången, som detta har hänt.

Nu tycker jag att det känds som en evighet kvar, men jag får titta på kartan ofta, för att övertyga mig om att jag klarar detta. En annan sak som jag tänker på, är alla vänliga och omtänksamma människor som jag mött. Minnen av dem hjälper mig en kilometer till och en kilometer till...

Ibland upplever jag en välsignad korkskallighet. Innan jag for hade jag all information framför mig och det var bara att räkna. 1+1=2 +1=3 +1=4 +1... Men av någon anledning gjorde jag inte det. Tur är väl det. Det är nog bäst att inte se alla svårigheter som väntar. Att inte se berget, jag måste ta mig över, utan bara ta ett tramptag i taget. Att möta dag för dag, en dag i taget.

I morse blåste det inte så vidrigt, utan det regnade bara. På eftermiddagen både blåste och regnade det alldeles fruktansvärt. Regnet bildade vågräta linjer i luften, samtidigt som det var en fruktansvärd klättring uppåt. Det var ibland så hård motvind, så att jag måste stanna och vänta ut den. Ibland var det medvind, så att vinden tog tag i min rygg och sköt mig framåt i kraftigt motlut, utan att jag trampade. Det var skrämmande.

Där klättrade jag uppåt, uppåt och vidare uppåt. Jag förstummades av

Bergens kraft och det hjälpte mig upp. Men Bergens styrka kunde lika gärna vändas emot mig.

De sista två och en halv kilometrarna hade jag extrem motvind. Det smärtade i ansiktet och i ögonen av vinden och regnet. Ibland kom jag inte längre än 100 meter på en kvart.

När jag kom till Härbärget var jag fullständigt dödstrött och dyngsur. Jag möttes av en brasiliansk, kvinnlig sjuksköterska. Efter det att jag packat in och tagit på mig torrt och ätit lite mat, kom hon och sade att jag behövde massage. Jag slingrade mig allt jag kunde. Massage av en helt okänd människa! Varför hade hon valt ut mig av alla pilgrimer? Hemska tider vad hon övertalade mig och hela matsalen lyssnade också på mina desperata försök att slingra mig ur. Fy, vad pinsamt! Till slut var det bara att säga okej. Fick massage och sen gick jag och lade mig.

O Cebreiro - Portomarin

Dag 75, lördagen den 25 november. Regn och vind. -69=~2778,5 <+42 48.500 -007 36.800="">(+401)

Jag är inte förvånad över att det regnade idag igen. Maxhöjd var +1338 m. Jag tog en kopp kaffe i puben och satte mig framför brasan. Ibland är ett sådant ögonblick allt man behöver, ett kort ögonblick av evig njutning.

Nu vet jag vad en pilgrim är. Det är en människa som köper en tidning, för att stoppa den oläst i kängorna, för att kängorna skulle torka till morgondagens vandring. Denna olästa tidning skapade en enorm lycka i hela sovsalen.

Jag hade fått en lustig tanke. Tänk att det var slut snart med cykellivet! Vardagslivet skulle ta vid igen. Jag kommer nog att få rejäla svårigheter att ställa om mig, misstänker jag. Tänk att ha ett kylskåp, toalett och en varm dusch - varje dag!

Portomarin - Arzúa

Dag 76, söndagen den 26 november. Regn och vind. -56,5=~2835 <+42 55.500 -008 09.700="">

Trött, huvudvärk och punktering! Till råga på allt så är det söndag och allt är stängt.

En kollega gav mig en innerslang och en gammal man gav mig luft från sin bilpump. Spanjorer är underbara typer. De är bullriga, skräpade ner överallt, men ingenting är omöjligt, när jag behöver hjälp.

Hela dagen har jag slitit en kilometer i taget. Jag kom fram till slut och packade in. Jag duschade så hett att jag självtorkade. Nu kan jag ge upp, för migränen sliter som rabiessmittade gamar i mitt huvud. Jag fryser och känner mig lika kall som ett isblock från Antarktis.

Arzua - Santiago de Compostella

Dag 77, måndagen den 27 november. Regn och vind. -40=~2875(3578.8 med färja, tåg och bil) <+42 52.800 -008 32.700="""">

Vaknade och kände mig trött. Gick upp och åt frukost, packade och sedan var det bara sista biten kvar. Jag tog den raka vägen, fast det är mycket och tung trafik. Jag orkar inte ta leden, för den svänger för mycket. Vägen övergick efter ett tag till att bli motorväg, så jag vek av till leden i alla fall. Bara en ynka mil kvar, men det är uppförsbacke. Jag orkade inte det mentala att cykla utan jag gick och ledde cykeln uppför. Tänk att en mil kan kändas som om den aldrig ska ta slut. Jag är så utmattad. Backe upp och backe ner möter mig hela tiden.

...

Santiago! Jag ser Santiago med mina egna ögon! Äntligen är jag framme! Jag har kommit fram efter 77 dagar. Dagar, fyllda av elände, blåst och regn, är nu över. All trötthet är förvandlad till lycka. En känsla av total lycka infinner sig hos mig. Jag är ett gigantiskt, lyckligt flin från själens vida djup till den yttersta hår toppen. Jag är framme! Det är över.

... ...

Jag har fått mitt diplom. Jag har tagit in på ett billigt hotell och gått jag till resebyrån och bokat biljett för hemfärd redan på onsdagen.

Efter allt praktiskt gick jag till katedralen och andades in lycka, blandat med tacksamhet och trötthet. Började med att slakta min packning, så att jag inte skulle få övervikt på flyget hem.

Dag 78, tisdagen den 28 november.

Sov inte jättebra. Jag gick upp tidigt för att äta frukost. Efter att jag druckit mitt morgonkaffe, gick jag till katedralen igen. Jag är framme och nu följer jag pilgrimstraditionen. Jag hälsade på och tackade S:t Jakob, biktade och bad för de som skickat med böner. Jag gör som traditionen bjuder. Jag läser igenom mina reseanteckningar. Det tog hela dagen att läsa, för resan hade varit lång. Det var så skönt att sitta vid mina drömmars mål och bara vara. Jag har kommit fram och det är så skönt.

...

På kvällen for jag till posten, med saker, som skulle skickas hem till Sverige. Det var lite struligt att få det fixat först, för de tog inte emot kontokort utan jag var tvungen att gå och ta ut pengar först. När jag sedan var vid postluckan igen, blev jag tilltalad av en annan cyklist, som på holländska frågade om jag kunde holländska och var från Holland. Förvirringen var total. Jag är i Spanien på ett smockfullt postkontor och blev tilltalad på holländska, av en cyklist från Belgien. Det tog ett tag innan den gemensamma förvirringen släppte.

Ja, jag talar holländska! Nej, jag är inte holländare, utan svensk. Ja, jag har cyklat från Sverige.

Han är också pilgrim och har cyklat från sitt hem i Belgien och ska cykla hela vägen hem igen. När vi fixat våra postaffärer, gick vi och tog en öl och pratade.

Grabben, som är jämnårig med mig, har en mjuk framtoning. Det har tagit honom 70 dagar att ta sig från Belgien till Santiago. Det är en grabb i mitt tycke och i min smak. Han har stannat i Frankrike och plockat druvor. Han stannade där han ville och kände för. Hans berättelse är som min. Våra svårigheter och glädjeämnen har varit verkligt lika. Han har samma livs- och cykelfilosofi som jag har. Vi har samma försiktighet i hur vi använder orden. Denna kväll försvann i ett grisblink. Han lämnade mig för att prata med sin fru och jag för att förbereda det sista inför packningen och för att sova. Tack, för att jag fick träffa honom!

CAPITULUM hujus Almae Apostolicae et Metropolitanae Ecclesiae Compostellanae sigilli Altaris Beati Jacobi Apostoli custos, ut omnibus Fidelibus et Peregrinis ex toto terrarum Orbe, devotionis affectu vel voti causa, ad limina Apostoli Nostri Hispaniarum Patroni ac Tutelaris **SANCTI JACOBI** convenientibus, authenticas visitationis litteras expediat, omnibus et singulis praesentes inspecturis, notum facit: Dnam Ingela Westin hoc sacratissimum Templum pietatis causa devote visitasse. In quorum fidem praesentes litteras, sigillo ejusdem Sanctae Ecclesiae munitas, ei confero.

Datum Compostellae die 27 mensis Novembris anno Dni 2006.

Canonicus Deputatus pro Peregrinis

87

Hem

Dag 79, onsdagen den 29 november.

Tidigt på morgonen packade jag cykeln en sista gång, sökte och fann tåget. Jag satte mig i lugn och ro.

Pappa ringde och frågade varför jag har så bråttom hem och varför jag inte stannar och turistade lite i Spanien. Ja, varför? Det är en berättigad fråga. Jag är helt enkelt less, ända in i själens vida djup. Jag är mätt på äventyr. Jag vill påbörja processen att bygga upp ett vardagligt liv. Ett liv med toalett, kylskåp, spis, tvättmaskin, ett sovrum, mer än ett par byxor och möjlighet att byta kläder. Det är skönt att sitta här i tåget och bara vara. Jag är på väg hem, hem till mitt älskade land Sverige och hem till ett vardagligt liv.

... ...

Jag stod där efter tågresan och väntade på bussen till flyget. Jag hade en cykel och packning, och det var smockfullt med folk överallt, i busskuren där jag stod och på bussar som körde förbi. Skulle jag tillåtas stiga på bussen? Jag blev mer och mer nervös. Min önskan blev mer och mer brinnande.

Bussen kom fullsatt, packad som en sardinburk. En man frågade chauffören om jag fick följa med. Det gick bra! Tacksamheten och lättnaden var mycket stor. Intet är omöjligt i Spanien. I alla andra länder, hitintills, skulle jag ha nekats, men inte i Spanien.

In med packning, in med cykel och så stängdes en av dörrarna. Jag behövde trycka in cykeln ytterligare, när den andra dörren stängdes. Där stod jag inträngd och väntade att någon skulle muddra mig, men ingen gjorde det. Tack! Det kom fler och fler passagerare och chauffören sa bara: Gå bakåt, gå bakåt! Situationen blev så absurd att jag inte ens fick dåligt samvete för att cykeln tryckte på folk.

Jag kom fram till flygplatsen, gick av, fixade cykeln, checkade in allt, utan övervikt. Då hörde jag plötsligt svenska talas. Mitt älskade, svenska språk! Äntligen talade jag svenska med svenskar. Jag är på väg H E M.

...

Den natten sov jag hos min kompis i Göteborg och påbörjade min långsamma, långa resa tillbaka till vardagen.

Avslutning

Detta är den nakna berättelsen om en resa vissa delar har varit svåra att formulera, andra enkla, men allt sammans beskriver min pilgrimsfärd till Apostelns Jakops grav .

Jag tänker ofta tillbaka på en kväll, alldeles i slutet av vandringen, då min spanjor och jag samtalade om dagen och resan. Härbärget var en inbyggd kyrkoruin, otroligt vacker. Jag sade till honom att vi måste vara knäppa i huvudet för att frivilligt utsätta oss för detta: regn, stark blåst, blöta kläder, kalla duschar, frustration och trötthet. Han svarade mig att när vi kommer tillbaka till vardagslivet, kommer den värre frustrationen, nämligen att ingen förstår vad vi har varit med om och att orden inte kan beskriva känslan, upplevelsen och erfarenheten.

Jag hade fel. Vi var inte knäppa, utan vi gick bara en mycket speciell Väg. En djupt meningsfull Väg, som kommer att påverka resten av våra liv. Han har rätt. Det är extremt frustrerande att ha en erfarenhet, där orden inte med rätta kan beskriva vad man upplevt.

Det finns ett ord som beskriver min tid - desorientering. Jag har använt min tid att orientera mig på nytt. Jag är samma Ingela, men samtidigt någon helt annan. Meningen är en självmotsägelse, men ändå är det så jag upplever det. Jag känner mig som ett trädgårdsland, som är rensat, vänt och gödslat. Trädgårdsmästaren har sått, men fröna har ännu inte stuckit upp ur jorden, så ingen kan ännu ana mästarens tanke. Det finns en stund när allt är förberett men tiden är inte inne, som mellan språnget och plumset. Sannolikt är det nog just detta, som Vägen till Santiago, gör med sina vandrare, och sannolikt är det just detta som är så värdefullt. Jag önskar att många fler får göra denna spännande erfarenhet, nämligen att börja ta steg och närma sig Santiago. Den väg, som samtidigt leder bort och hem. Vägen som tar allt, men ger tillbaka mer än du hade från början.

Don Camino/ Pax et Bonum